1ランクアップのための

俳句特訓塾

ひらのこぼ

草思社文庫

目次

パワートレーニング編

はじめに

俳句の入門書はあれこれ発行されており、それを読めばひと通りのことは理解できます。でも、いざ自分でつくってみようと思うと、どうもうまくいきません。

五七五に季語を入れて切字(きれじ)を効かせる。言ってみればそれだけのことですが、そのあとの実作に関してのアドバイスがあまり実践的でなかったりします。「俳句でもやってみようか」とまず入門書を買って始めてみても、長続きしない。すぐ飽きてしまったり、マンネリに落ち込んだりしてしまいます。

本書ではいわば「二冊目の俳句入門書」という位置づけで、「ひと通り俳句の基本は分かった。でも実作がうまくいかない」という方たちに、俳句を楽しみつつ上達していただくためのトレーニング方法などを紹介しています。

ウォーミングアップ編

俳句の基本のおさらいです。季語の生かし方、切字の使い方、取り合わせのコツ、表現技法などについてまとめてみました。

デイリートレーニング編

吟行や旅行に出掛けなくても、日々の暮らしの中で句材がいろいろあります。この章では一日のいろいろな暮らしの場面を五十選んで例句を挙げて解説しました。

パワートレーニング編

少しまとまった時間がとれるときにやってみてください。瞬発力、情景描写力、観察力、発想力、連想力など、俳筋力をつけるためのトレーニングです。

俳句を始めてしばらくするとやめてしまう方がずいぶんいらっしゃいます。そのほとんどが俳句の本当の楽しさ、面白さを知らないままにというのが現状ではないでしょうか。

俳句の面白さはそのゲーム性にあると言っても過言ではありません。本書では、長く俳句を楽しむために、まず「俳句はここが面白い！」「俳句はここが楽しい！」といった点を実感していただくことに注力しました。

例句掲載に関して　発表当時、正字体（旧漢字）を用いた句についても、本書ではそれを用いず、新字体に換えてあります。仮名遣いは、作品オリジナルのかたちで掲載しました。難読字等については、適宜ふりがなを記しました。

ウォーミングアップ編

俳句の入門書も読んだし、さあいよいよ作りだそうという方。でも、もう少しお待ちください。俳句を始めて途中で挫折する人の多くは、マンネリになって「どうも面白くない」と感じるようになり、俳句から足が遠のいています。そうならないために「俳句の多様さ」「面白さ」を心から実感できるような知識を習得しましょう。いわばウォーミングアップです。

ここでご紹介しているのは、柔道や相撲の基本技のようなものです。その型に習熟しておくことが俳句づくりへの第一歩だといえます。

1 俳句の組み立て

俳句の三要素は「十七字の定型」「季語」「切字」だといわれます。ここではまず十七字の俳句の基本的な組み立て方についておさらいしておきましょう。大きくは次の七つに分類できるかと思います。こうした型を頭に入れておけば、打坐即刻、感動の焦点をその場で素早く一句にすることができます。

❶一気に詠み下す

一句一章で詠む。つまり句の途中で切れがなく、最後を切字や体言、終止形などで止めるカタチです。下五に三文字の季語プラス切字の「かな」を置いた句が多く詠まれます。

ゆさゆさと大枝揺るる桜かな　　村上鬼城

風の中、枝を揺らしている満開の桜を詠みました。桜だけに絞って詠んだ一物仕立(いちもつじたて)と呼ばれる句です。上五中七が下五を形容します。「むつかしく考へてゐる糸瓜(へちま)かな」

（小川軽舟）「青空の流れてゐたる氷柱（つらら）かな」（茨木和生）なども同じ。

炎昼のきはみの櫛を洗ひけり　　岡本　眸

「なにをどうした」「なにがどうなった」などといった内容が余情豊かに詠まれています。ほかに「刃に触れて罅（ひび）走りたる西瓜かな」（長谷川櫂）「外套は神話の如く吊られけり」（日原傳）「ばさばさと股間につかふ扇かな」（丸谷才一）などがあります。

風鈴の空は荒星ばかりかな　　芝　不器男

「AはBだ」という句。切字「かな」が余韻を生みます。「冬虹のいま身に叶ふ淡さかな」（飯島晴子）「悲しさはいつも酒気ある夜学の師」（高浜虚子）も同じです。

水馬（あめんぼう）水ひつぱつて歩きけり　　上田五千石

「なにがどうした」。主語を上五に置いて詠み下します。「水馬が水をひっぱって歩いた」という意ですが、上五の「が」が省略されています。ほかに「大根引大根で道を教えけり」（小林一茶）など。「花の種風にさらはれつつ蒔けり」（伊藤伊那男）では「花の種を」の「を」が略されています。目的語を上五に据えた例です。

おおかみに螢が一つ付いていた　金子兜太

口語でつぶやいたような一句。ほかに「養命酒みたいな春の日のとろん」（夏井いつき）「気がついたときは荒野の蠅だった」（津沢マサ子）など。

❷中七で屈折させる

一句一章の体裁をとっていますが、中七で意味の断絶がある句です。さらりとリズムよく読めますが、中七でがらりと情景が転じます。

毎日に次の日のある土筆かな　小川軽舟

「ああまた明日も仕事か」といったため息でしょうか。「いやなことがあったけどまあそれはそれ。明日は明日」と気分を立て直しているところかもしれません。作者の坐っている川堤には土筆が飄々と風に吹かれています。俳句独特の省略した表現法です。

手をつけて海のつめたき桜かな　岸本尚毅

意味的には中七で切れていますが、連体形の「つめたき」で「桜」につながります。この場合は海辺から桜が見える景というよりも「つめたさ」で桜のはかなげな様子を思わせる効果が高いと思われます。

凩にこころさすらふ湯呑かな　　鍵和田秞子

心象風景の上五中七から眼前の湯呑に景が切り替わりました。「亡き人の亡きことと思う障子かな」（宇多喜代子）も同じつくり方です。

鬼瓦転がつてゐる牡丹かな　　陽　美保子

鬼瓦が転がっている古寺の境内に牡丹が咲いています。「鬼瓦転がる寺の牡丹かな」と詠めば意味は通りやすくなりますが、この句では寺とか境内とかの説明はあえて省いて、鬼瓦と牡丹の取り合わせを強調しています。

実石榴（みざくろ）のかつと割れたる情痴かな　　鈴木しづ子

中七で軽く切れていますが、構文上は上五中七が「情痴」にかかっている構造です。ということで「かっと割れたような激しい情痴だ」というニュアンスが生まれます。

❸中七へ連用形でつなぐ

「〜してこうなった」「〜してそのあと〜した」「〜しつつ〜している」。上五で軽く切れて続きます。接続助詞の「て」や動詞の連用形などで中七へ続けます。

柿食うて暗きもの身にたむるかな　大野林火

「恋をして伊勢の寒さは鼻にくる」（大木あまり）「ニット着て一本の菜の花になる」（今井聖）。どちらも上五で軽く切れますが、中七以下へは因果関係でつながっています。

冷されて牛の貫禄しづかなり　秋元不死男

中七以下で状態の推移を表わしました。「土堤を外れ枯野の犬となりゆけり」（山口誓子）「松取れてジャッキー・チェンの映画くる」（辻桃子）も同じです。

浮かびゐて西瓜の軸の定まれり　菊田一平

こちらの句では西瓜の状態が二つ並べて表現されています。「かたまつて薄き光の菫かな」（渡辺水巴）では菫の状態を上五中七で続けて述べました。

❹上五で切る

ここからは二句一章、取り合わせの句になります。二つの要素で一句を組み立てます。まずは上五で切れがある句から見ていきましょう。この場合は下五で「かな」や「けり」などの切字は使いません。切字は詠嘆を強めるので、二つ使うと焦点がぼやけるからです。

朝寒や歯磨匂ふ妻の口　日野草城

上五を「～や」と切って下五を体言で止めます。一番座りのいい句になります。この句では「朝寒」と「歯磨」の取り合わせで情景を構成しています。「雁鳴くやひとつ机に兄いもと」（安住敦）などと「動詞の連体形」に「や」を付けることもあります。

桔梗（きちかう）や子の踝（くるぶし）をつよく拭き　山西雅子

下五を連用形で止めました。「冬濤やポケットの手を拳とし」（山崎ひさを）も同じです。「寒晴やあはれ舞妓の背の高き」（飯島晴子）のように連体形で終える場合もあります。

鵙の贄酒が飲みたくなりにけり　鈴木鷹夫

上五に五文字の体言を置いた例。この場合は、上五で切れてはいても、下五で「けり」や「かな」などが使われることがあります。「蟾蜍人生に出遅れしかな」（上田五千石）「白湯一椀しみじみと冬来たりけり」（草間時彦）「鰯雲二人で佇てば別れめく」（岡本眸）。

雨夜なり爪立てて剝く青蜜柑　草間時彦

上五を助動詞や動詞の終止形で切った句。「秋澄めり山の向かうに山見えて」（白濱一羊）「巻貝死すあまたの夢を巻きのこし」（三橋鷹女）は下五を連用形で止めました。

虹仰ぐサーフボードを砂に立て　黛まどか

一句一章の句の下五を上五に持ってきて切れを入れました。倒置法です。「縁側欲し春愁の足垂らすべく」（中原道夫）「夏来る回転寿司の彼方より」（櫂未知子）「雨月かな声を殺すとどきどきして」（池田澄子）なども同じ。

❺中七で切る

中七まで詠み下していったん切り、下五に体言を置く。収まりのいいカタチです。

いつからか使はぬ井戸や羽抜鶏　　大木あまり

中七を「や」で切る型。「結婚は夢の続きやひな祭り」（夏目雅子）など、ふとした感じ思いを述べて、その情緒を受け止めるような季語を下五に置くスタイルの句が多いようです。「ジェット機の大きな影や潮干狩」（安里道子）は広がりのある叙景。

向日葵（ひまはり）の空かがやけり波の群　　水原秋桜子

切字「けり」で切りました。「沼に日のゆきわたりけり夏の蝶」（井上弘美）「投げ出した足の先なり雲の峰」（小林一茶）。いずれも取り合わせで景を構成した句になっています。

右向けば左が淋し秋風裡　　柿本多映

動詞や形容詞など用言の終止形で切ります。「休日は老後に似たり砂糖水」（草間時彦）「羊羹のひと切れが立つ冬景色」（藤本美和子）など。「ざら紙の手触りが好き小鳥来る」（山尾玉藻）は連用形で軽く切りました（「好き」は「好く」の連用形）。

夕刊のあとにゆふぐれ立葵　　友岡子郷

中七を体言で切った、取り合わせの例です。「脱ぐシャツの中で笑ふ子雲の峰」（富田正吉）「かまくらは和紙の明るさ雪しんしん」（坂本宮尾）なども同じです。

大阪は朝から蒸せて鱧の皮　　茨木和生

中七で軽く切って下五を体言で止めるタイプです。「サラダさっと空気を混ぜて朝曇」（正木ゆう子）。「よく笑ふ嫁よく食べて毛糸編む」（徳田千鶴子）では下五を終止形に。

❻句またがりで詠む

五七五のリズムではなく、一つの言葉が五七五の構造を崩してまたがって使われている句です。破調の句とも呼びます。ただ音数は基本的に十七文字を守ります。

雪跳ねの笹青空を打ちにけり　　広渡敬雄

「たんぽぽの際魔法瓶そびえ立つ」（辻田克巳）「敬老の日の漫才を見て笑ふ」（同）などは七五五で詠んだ一句一章の句。五七五のリズムで読んでもそんなに違和感がありません。

曼珠沙華ひしめいて声なかりけり　大串　章

「雪国に子を生んでこの深まなざし」（森澄雄）。これらは五五七で詠まれた句です。

上げ潮の香や大阪の夏が来る　西村和子

中七の途中に切れがあります。「冬帽を脱ぐや蒼茫たる夜空」（加藤楸邨）「火が付きし赤子大阪まで行くか」（和田悟朗）。「砂日傘抜かれ真昼の穴のこる」（大屋達治）「新聞紙ひらけば小鳥さざめけり」（松尾隆信）などでは中七の途中で軽く切れます。

たんぽゝと小声で言ひてみて一人　星野立子

数少ないタイプですが、下五の途中で切れる句です。ほかに「算術の少年しのび泣けり夏」（西東三鬼）「人生の渡り廊下にゐて立夏」（加藤哲也）など。「ぎりぎりの裸でゐる時も貴族」（櫂未知子）は五四五三の破調になっています。

❼リズムよく繰り返す

繰り返すことや羅列することでリズムよく読ませる句です。切れが二つ以上あっても、この場合は気になりません。

青き踏む左右（さう）の手左右の子にあたへ　加藤楸邨

左右の繰り返しで親子の弾むような気持が伝わってきます。一度読むと忘れられない句です。「茄子もいで茄子煮て茄子のように寝る」（坪内稔典）は茄子を連ねて印象的。

花一輪日一輪銀河系一輪　正木ゆう子

一輪を繰り返しつつ対象がぐーんと拡大していきます。「山又山山桜又山桜」（阿波野青畝）。こちらは山道を歩きながらの句。どちらも漢字ばかりの一句です。

ばか、はしら、かき、はまぐりや春の雪　久保田万太郎

寿司屋での一句でしょうか。A音を連ねてリズムをつけました。万太郎には「忍（のび）、

空巣、すり、掻ッぱらひ、花曇」という句もあります。

摘む駆ける吹く寝ころがる水温む　神野紗希

遠足の風景でしょうか。いよいよ春も本番。川や池の水も温かさを増し、魚も眠りから活発に動き出し、水草も元気にそよぎ始めます。そんな季節を迎えての弾むような気持ちが「摘む駆ける吹く寝ころがる」と連ねた動詞で表現されています。

2 季語の生かし方

俳句はその季節の風景や暮らしなどを詠む詩。季語が俳句の核となります。「一句に季語は一つ」「季語を説明しない」「季語の本意に含まれる情緒と同じような感慨を詠まない」などといった基本はすでにお読みになった入門書で理解されているかと思います。

ここではさらに一歩進んで「季語をどう生かして俳句を詠むか」。そのポイントについて説明してみましょう。季語は「時候」「天文」「地理」「生活」「行事」「動物」「植物」などと分類されています。それぞれのカテゴリーごとの季語にはその生かし方がいくつかあります。俳句を組み立てる場合には、次のような季語の活用法を頭に入れておきましょう。

❶季語そのものを詠む

季語がお題に出てそれを詠むということがよくあります。しかし、単に季語を観察して、それを詠めばいいというものではありません。季語をそのまま詠んだ句はこれまでにいくらもあって、類想になりがちなのでご注意を。

白牡丹といふといへども紅ほのか　高浜虚子

白牡丹とはいってもどこかほんのりと紅を差しているというだけの句に思えますが、そうではありません。どこか清楚な女性が恥じらって頰を染めているといった想像もさせるところがあります。それが隠し味となって句を豊かにしています。

ひっぱれる糸真っ直ぐや甲虫　高野素十

甲虫の力強さを詠んだ句ですが、この句では結ばれた糸を小道具にして、映像化がなされています。単に甲虫の力強さを言っただけでは、誰しも「そりゃそうだろう」で終わってしまうところを映像化で俳句にしてしまうという力技です。

金剛の露ひとつぶや石の上　　川端茅舎

季語にシンプルな舞台を用意して、そこで見得を切らせたといった趣の句です。季語を一句の中にどんと据えました。「金剛のような」という形容が生きています。

❷背景として用いる

「天文」や「地理」の季語の生かし方です。雲や星、太陽や月などの季語を背景に使って大景を詠んだり、大景の中での暮らしのひとコマを詠んだりしてみましょう。

冬銀河巌より暗く海ありぬ　　田中ひろし

寒々とした夜の海。真っ暗な海と輝く銀河を対比させました。迫力のある句です。

清滝の向うの宿の西日かな　　中村吉右衛門

目の前の清滝から宿へ、そして西日へと転じます。視線の動きを感じさせる叙景句です。

鰯雲一駅歩いてしまいけり　池田澄子

あまりの気持ちよさに一駅歩いてしまったという句。澄んだ大気を感じさせます。

❸作者の思いを伝える

悲しい、うれしい、くやしい、楽しい…。こうした直接的な感情表現は俳句では用いないのが基本です。わずか十七文字の俳句で感情を表現しても読者の共感を得にくく、映像も浮かびません。直接的に感情を表現せずに、その場の状況や動作などの具体的な事象を詠んで、いま感じている思いは季語に託します。

打ち止めて膝に鼓や秋の暮　松本たかし

秋のうら寂しい日暮れ。そんなもの思いにふけるような時間ですが、ここで淋しいとかいった気分は季語にまかせて、ふとした仕草を言うだけに留めました。

春昼の紀文のちくわ穴ひとつ　坪内稔典

もちろんちくわに穴は一つです。それを眺めるともなく眺めている作者。無聊なひとときです。いかにも春昼という気分が充溢しています。

永き日のにはとり柵を越えにけり　　芝　不器男

三月もなかばを過ぎるとずいぶんと日が長くなったなあと感じます。そんな日のもの憂いような気分で眺めていたら、鶏が柵を跳び越えました。さて鶏はどんな気分で柵を越えたのでしょうか。その答えは季語に託されています。

白露や死んでゆく日も帯締めて　　三橋鷹女

秋もなかばとなり、肌寒くなりました。晴れ渡った日の夜には草花に露が結びます。そんな白露に凜とした心模様を重ねました。

❹状況を設定する

生活のカテゴリーの季語には、それだけである程度状況が浮かび上がってくるものがあります。こうした季語の上手な生かし方を考えてみましょう。その季語で粗くデッサンが済んでいますから、そこへどうひと味つけるかがポイントとなります。

かりに着る女の羽織玉子酒　高浜虚子

玉子酒は風邪をひいたときなどに寝る前に飲むもの。季語でそうした状況がすでに描かれています。そこへ女の羽織を借りて着ているという艶っぽい景を加えました。この句の場合は下五に玉子酒を持ってきたことでオチをつけたようなおかしみもあります。

団扇にてかるく袖打つ仲となり　渥美　清

団扇は家庭や馴染みの店などでのくつろいだ場面を想像させます。この句では団扇がうまく小道具として生かされることで、艶やかな一句となりました。

カフカ去れ一茶は来れおでん酒　加藤楸邨

おでん酒と言えばもう居酒屋の場面となります。その居酒屋のどんな状況を詠むか。一緒に飲む仲間や客たちを描くことが多い季語です。鬱陶しい哲学者みたいな輩(やから)よりも人間味の溢れた人物と酌み交わしたいというのは人情ですね。

❺人物像を想像させる

衣類や服飾品などの季語で人物像を浮かび上がらせるという方法があります。花衣なら艶やかな女性を思わせます。あと白靴、冬帽子、甚平、春日傘、白絣、扇などもよくこうした用い方のされる季語だといえるでしょう。

そのほか動物や草木、花などを取り合わせて人物を描くというテもあります。

張りとほす女の意地や藍ゆかた　　杉田久女

糊のきいた浴衣をきりっと着こなした女性。この場合は浴衣でもやはり藍浴衣です。

経験の多さうな白靴だこと　　櫂　未知子

大阪弁でいう「やつし」。お洒落な人の意ですが、どこか皮肉な意味合いも込められています。そんなにめかしこんで一体どこへ行くのでしょうか。

くらがりに歳月を負ふ冬帽子　　石原八束

冬帽子ということでなにかを耐えているような初老の男性が思い浮かびます。「二階へと追ひ立つるにも団扇かな」（安里道子）も人物像が鮮やかです。

母逝きて泣き場所が無し葱坊主　今瀬剛一

その姿かたちから剽軽（ひょうきん）なキャラクターやひねくれ者といった人物像を詠む場合によく使われる季語です。この句では途方に暮れたような作者と葱坊主が響き合います。

蟇（ひきがへる）迂闊に生きて来たりけり　正木浩一

来し方を振り返っての忸怩（じくじ）たる思い。そんな重苦しいような感慨に蟇を取り合わせることで作者の表情まで浮かんできます。動物を擬人化して詠むのではなく、思いや感慨と取り合わせることで自画像や人物を描く方法です。

3　主な切字の用い方

室町時代の連歌師、宗祇は、切字十八字を定めました。芭蕉は「切字に用ふる時は、四十八字皆切字なり。用ひざる時は、一字も切字なし」（去来抄）と述べています。

俳句の切れの重要性を言っている言葉です。切字は多数ありますが、ここでは代表的な〈や〉〈かな〉〈けり〉のほかいくつかに絞って切字の用法と使用例をご紹介します。

❶〈かな〉

まれに中七や上五で用いられますが、多くは句末に置かれる切字。基本的に体言（名詞や代名詞）のほか用言（動詞や形容詞、形容動詞）の連体形に接続します。詠嘆の意を表わす切字ですから、安易に使うことは避けたいところです。

大阪に潮満ちてゐる雨月かな　山本洋子

体言の季語について感動の対象を定めています。「鼻の上に風の道ある昼寝かな」（齋藤朝比古）「枕辺に眼鏡を外す夜寒かな」（山口誓子）など。「卒業の空のうつれるピアノかな」（井上弘美）「蚊遣火に風筋見ゆる夕べかな」（加古宗也）などと季語以外の体言に〈かな〉をつける場合もあります。

蟻穴を出でておどろきやすきかな　山口誓子

用言の連体形に付く場合。「吹き流しのかな」とも呼ばれ、軽く言い放ったというニュアンス。強い詠嘆を表わすものではありません。「さきみちてさくらあをざめゐたるかな」（野澤節子）も同様。「紺絣春月重く出でしかな」（飯田龍太）「しらぎくの夕影ふくみそめしかな」（久保田万太郎）は過去の助動詞〈き〉の連体形〈し〉に付いた例です。

❷〈けり〉

〈けり〉は詠嘆や驚きを表わす過去の助動詞です。句末か中七で使われます。動詞と助動詞の連用形に付きますが、形容詞の場合は「楽しかりけり」「悲しかりけり」とカリ活用の連用形に付きますからご注意ください。「楽しけり」「悲しけり」は間違いです。

遅さくら朝日やさしく上りけり　草間時彦

詠嘆の〈けり〉です。「神田川祭りの中を流れけり」（久保田万太郎）「冬蜂の死にどころなく歩きけり」（村上鬼城）などは比較的重い詠嘆。「柿若葉顔を叩いて洗ひけり」（興梠隆）「春の昼大いなる首まはしけり」（加藤哲也）は軽く流した感じで使われています。

凍滝の膝折るごとく崩れけり　　上田五千石

眼前の情景に気づいた驚きを表わしている〈けり〉。「卒業の椅子いつせいに軋みけり」（齋藤朝比古）「白魚のさかなたること略しけり」（中原道夫）も同じです。

くろがねの秋の風鈴鳴りにけり　　飯田蛇笏

助動詞〈ぬ〉の連用形〈に〉に付いた〈けり〉です。「風船を持つ手をつなぎ合ひにけり」（行方克巳）「黒人霊歌蜆の水の澄みにけり」（大木あまり）。「～したことよ」というより「～してしまったことよ」といった感じの詠嘆でしょうか。

葦原にざぶざぶと夏来たりけり　　保坂敏子

〈けり〉は助動詞〈たり〉や〈なり〉に接続させて用いられることもあります。「一日ただ子規忌に凭（もた）れゐたりけり」（岩淵喜代子）「地芝居のはねたる潮の香なりけり」（細川加賀）「皿の上に空蟬のある日なりけり」（田畑幸子）など。いずれも詠む対象を絞り込んで「～たりけり」「～なりけり」と気息豊かに詠み下しています。

❸〈や〉

上五や中七の末尾に用いられる間投詞です。句またがりの句では中七の途中で使われる場合も見られます。体言のほか動詞の連体形、形容詞などの終止形に接続します。

十棹とはあらぬ渡しや水の秋　松本たかし

詠嘆の意を表わす〈や〉です。「降る雪や玉のごとくにランプ拭く」（飯田蛇笏）「鶴舞ふや日は金色の雲を得て」（杉田久女）「青梅雨やうしろ姿の夢ばかり」（眞鍋呉夫）なども眼前の情景を切字の〈や〉で強く詠嘆しています。

冬濤やポケットの手を拳とし　山崎ひさを

作者のいるところや状況を提示する〈や〉。詠嘆の意はやや弱くなります。「木枯の野面や星が散りこぼれ」（相馬遷子）は場所、「三月やモナリザを売る石畳」（秋元不死男）は時期、「中年や遠くみのれる夜の桃」（西東三鬼）は作者の状況を提示しています。

梅雨茸やいづれ破るる傘の張り　　加藤哲也

上五で主体となる対象を〈や〉で切って、中七以降でその対象について述べるというカタチです。軽く切れる感じの〈や〉になります。「囀りや大鳥居より降る如く」（和田誠）「秋草や笛の音ほどに身を立つる」（対馬康子）なども同じです。

雁ゆくや古き映画の二本立て　　安住　敦

上五を〈や〉で切って中七以下で一見関係のないものへ転じる。そんな取り合わせです。〈や〉で断絶して二つの要素を響き合わせています。ほかに「囀や海の平を死者歩く」（三橋鷹女）「水澄むや死にゆく者に開く扉」（藤田直子）などがあります。

❹〈よ〉

詠嘆や呼びかけなどを表わす助詞。対象に対するやさしさ、親しみを感じさせます。

泉への道遅れゆく安けさよ　　石田波郷

詠嘆や感動を表わす〈よ〉。「蜻蛉行くうしろ姿の大きさよ」（中村草田男）「とび下りて弾みやまずよ寒雀」（川端茅舎）なども同じです。

山鳩よみればまはりに雪がふる　　高屋窓秋

呼びかけの〈よ〉です。読み手をやさしい気持ちにさせる句です。ほかに「浅い傷ばかりの日々よひなげしよ」（坪内稔典）。

木の葉ふりやまずいそぐないそぐなよ　　加藤楸邨

命令形に付いて強意を表わす〈よ〉。ただし「見よ」「消えよ」などはそれぞれ「見る」「消ゆ」の命令形で、助詞ではありません。

❺〈ず〉

否定の助動詞。未然形は〈ず〉と〈ざら〉、連用形は〈ず〉〈ざり〉、連体形は〈ぬ〉〈ざる〉、已然形は〈ね〉〈ざれ〉と二種あります。終止形は〈ず〉、命令形は〈ざれ〉のみ。

蛇の衣寄つてたかつて欲しがらず　　中原道夫

このように動詞の未然形に付きます。ほかに「バスを待ち大路の春をうたがはず」（石田波郷）「極寒のちりもとどめず巌ふすま」（飯田蛇笏）など。

❻〈なり〉

断定のほか詠嘆を表わす場合もある助動詞です。

けむり吐くやうな口なり桜鯛　藤田湘子

断定の〈なり〉。体言や活用語の連体形、副詞、助詞などに付きます。「凭れては風邪熱移す柱なり」（中原道夫）「蟻地獄松風を聞くばかりなり」（高野素十）「暗闇の眼玉濡らさず泳ぐなり」（鈴木六林男）などもきっぱりと言い切った断定です。

柿食へば鐘が鳴るなり法隆寺　正岡子規

これは詠嘆の〈なり〉。活用語の終止形に付きます。「社会鍋横顔ばかり通るなり」（岡本眸）「白障子閉ざすはこころ放つなり」（正木ゆう子）なども詠嘆です。

❼〈たり〉

「～の状態にある」ということを表わす助動詞。「～している」あるいは「～してしまった」といったニュアンスです。動詞の連用形に接続します。

鶉(うづら)死して翅拡ぐるに任せたり　　山口誓子

ほかに「暑き日を海に入れたり最上川」（松尾芭蕉）など。「五月雨や上野の山も見あきたり」（正岡子規）や「白南風(しろはえ)や水底に星溢れたり」（水野真由美）は上五を〈や〉で切って、下五を軽く流した句。これらの場合は〈たり〉の終止形ではなく連用形です。

鶏頭の一本にして王者たり　　九鬼あきゑ

この句のように体言に付く〈たり〉は断定の〈たり〉。「蜜豆も食べ下町の教師たり」（村松紅花）などがありますが、用例は多くありません。

❽〈ぬ〉

動詞の連用形に付く完了の意を表わす助動詞です。❺否定の助動詞〈ず〉の連体形〈ぬ〉と紛らわしい場合がありますので注意しましょう。

百日紅咲きつぐなかに父老いぬ　　大串　章

例句としてはほかに「東山静かに羽子の舞ひ落ちぬ」（高浜虚子）「双六の長崎出島より発ちぬ」（岡部六弥太）「獄凍てぬ妻きてわれに礼をなす」（秋元不死男）などがあります。

4　取り合わせのコツ

俳句は、その対象だけに絞って詠む「一物（いちもつ）仕立て」と二つの要素を配合して詠む「取り合わせ」があります。取り合わせでは、二つのものを組み合わせて景色を描写したり、情景を組み立てたりしますが、句を印象的なものにするためには工夫が要ります。この項では効果的な「取り合わせ」のためのポイントについてまとめてみました。

❶遠と近

叙景のポイントにはいろいろありますが、景に広がりを持たせて、かつ作者の存在を感じさせるためには、遠景と近景の組み合わせが有効です。絵画を思わせる句。

一碧の水平線へ籐寝椅子　篠原鳳作

真っ蒼な水平線へ向けた籐寝椅子。爽快な気分にさせてくれる句です。夾雑物を交えずにはるかな水平線と籐寝椅子だけで一句にしました。「玫瑰(はまなす)や今も沖には未来あり」(中村草田男)も浜辺で海に向かって立っている作者が見えてきます。

名山に正面ありぬ干蒲団　小川軽舟

生活感を漂わせながら遠景を詠む。大自然と小さな暮らしのひとコマの取り合わせです。「鰺干すや黒き戦艦沖に留め」(須賀一惠)も同じです。

❷大と小

大きなものと眼前の小さなものを取り合わせます。大きな景からズームインしたり、逆にズームアウトしたり…。映像が切り替わって印象的な句になります。

火口湖は日のぽつねんとみづすまし　富澤赤黄男

火口湖から水すましへズームイン。「立泳ぎして一湾を私す」（鷹羽狩行）は立ち泳ぎしている作者から湾全体へズームアウトしました。

冬空へ出てはつきりと蚊のかたち　岸本尚毅

大空と蚊の取り合わせ。きっぱりと晴れた冬空です。「海鼠には銀河の亡ぶ音聞こゆ」（高野ムツオ）「一本の糸瓜の垂るる伊予の国」（今井杏太郎）も大小の対比が効いています。

❸色の対比

背景としての雪景色や青空や海などへ印象的な色彩を持ったものを組み合わせて一句にする。色彩の取り合わせでシャープな映像が浮かびます。

くれなゐの一反を抱く雪の町　　中嶋秀子

一面雪に覆われた町をゆく反物の赤一点に着目しました。「夜の町は紺しぼりつつ牡丹雪」(桂信子)は背景の紺にふわりと白い牡丹雪。「つきぬけて天上の紺曼珠沙華」(山口誓子)は蒼天に生命力溢れる曼珠沙華の赤を取り合わせました。

向日葵(ひまはり)の蘂(しべ)を見るとき海消えし　　芝　不器男

眼前の向日葵の黄。視界からは消えましたが、残像として海の青が際立ちます。「汽罐車を呼び寄せている黄水仙」(高野ムツオ)は黒々とした機関車と黄水仙。硬と軟、強と弱の組み合わせでもあります。「万緑の中や吾子の歯生え初むる」(中村草田男)は緑と白。

❹季語とモノ・コト

2季語の生かし方でも触れましたが、思いは季語に託して、あとはモノあるいはコト(人の所作や状況など)を述べるだけに留めるというつくり方です。

水仙やたまらず老いし膝がしら　小林康治

居住まいを正して背筋をぴんと張って老いていきたい。そんな気持ちを水仙に託しました。「行春やゆるむ鼻緒の日和下駄」（永井荷風）はいかにものどかな昼下がり。

飛び乗つてみたき貨車過ぐ月見草　今井　聖

情景と季語の取り合わせ。月見草からは作者のやるせないような気分が伝わってきます。「遠花火グラスの氷鳴りにけり」（舘岡沙緻）は遠い日々への追憶のひととき。

鰯雲子は消しゴムで母を消す　平井照敏

母と子のちょっとした諍い（いさかい）のあった日のひとコマ。大空に広がる鰯雲が救いです。「春愁やガスの炎の丈ちがふ」（岡本眸）。この句では、気持ちが揺れ動いてはっきりしない。そんな春の愁いをガスの炎に託しました。

❺五感でひと味

視覚は当然として、その他の五感を加えて一句にします。音や匂い、触感、味覚などで句に奥行きを持たせてみましょう。

月光の折れる音蓮の枯れる音　坪内稔典

どちらも音のするものではありませんが、いかにも聞こえてきそうな静かな情景です。「鶯を聞きとめしより波の音」（行方克巳）では、鶯が鳴いたあとの潮騒。「校庭へ洩れくるピアノ飛花落花」（日下野由季）は音楽教室から聞こえてくるピアノと桜の取り合わせ。

鉄を嗅ぐごとく海鼠に屈みたる　正木ゆう子

色合いから匂いへと転じた比喩。場面も明快です。「マフラーに星の匂ひをつけて来し」（小川軽舟）「平手打ちかすかに雪の匂いして」（岸本マチ子）も匂いをアクセントに。

新涼やさらりと乾く足の裏　日野草城

時候の季語と触感は相性のいい取り合わせです。「ふところに乳房ある憂さ梅雨ながき」（桂信子）からはけだるさが伝わってきます。「直ぐ触るる顎ひげの伸び納税期」

（中原道夫）ではざらついた触感と納税期の取り合わせがぴたりと決まりました。

❻オチをつける

落語のように最後にすとんとオチが決まる。いわば十七文字の小咄です。

足抜きの至難を言へり掘炬燵　中原道夫

廓から足抜きした芸妓の身の上話かと思わせておいて下五でうっちゃり。炬燵でぐずぐずという場面でした。同様の句に「返り血も浴びず一刀西瓜割」（平畑静塔）「頼朝の首を抱へてゐる菊師」（菊田一平）「切られたる夢はまことか蚤のあと」（榎本其角）などがあります。

肩に手を置かれて腰の懐炉かな　池田澄子

艶っぽい場面ですが、実は懐炉の御厄介になっています。「ほっそりと春袷着て恋もなし」（中西夕紀）は艶やかな春袷とのギャップのおかしさ。「ハンカチを正しくたたみ出奔す」（渋川京子）は場面の急展開で驚かされます。

悴(かじか)みて摑みにくくて一円貨　辻田克巳

「なんだよ、必死に摑もうとしていたのは一円玉かよ」とツッコミが入る句。「目隠しの中も眼つむる西瓜割」（中原道夫）「潔く兜を割りてさくら鯛」（同）はオチというよりも謎解き。「おや、なんだろう」と思わせて、下五で「なるほど」と納得させます。

❼ドラマを生む仕掛け

取り合わせでドラマを感じさせる。そんな句です。作者は二つのものを提示するだけ。どんなドラマか考えるのは読み手のお楽しみです。

初夢の私だけ普段着のまま　鴨下千尋

初夢と普段着の取り合わせ。さてどんなシーンなのか気になります。「弁当が一つ足りない敬老日」（夏田稀布子）。敬老の日のイベントでのちょっとした事件です。弁当がなかなかいい脇役になっています。

大蕪を蹴とばす夫婦喧嘩かな　　金子兜太

畑でしょうか。台所かもしれません。いずれにしても他所の夫婦喧嘩はおもしろい。「モデルハウス蠅一匹に騒ぎだす」（菅野トモ子）も笑えます。

プロペラ機までの日傘をひらきけり　　山尾玉藻

意外な取り合わせでドラマチックな情景を描きました。「バケツ一杯の白球晩夏光」（津川絵理子）はバケツ一杯の白球に焦点を絞りました。

卒業の兄と来てゐる堤かな　　芝　不器男

卒業式を終えた兄と川堤。読者は兄弟の会話に思いが至るという仕掛けです。「自転車を降りて押したる桜かな」（海野良子）「出前持立ち止まりたるつばめかな」（中田みなみ）なども映画のワンシーンを思わせます。

❽不即不離

一見脈絡のないような取り合わせなのにもかかわらず、なぜかしっくりくる。付かず離れずの取り合わせです。匂い付けとも呼ばれ、余情を生むための秘訣だといえます。あまり理屈で考えて鑑賞するのはどうかと思いますが、何句かご紹介してみます。

ネクタイの黒が集ひぬ寒雀　鈴木鷹夫

黒ネクタイですから葬儀場を思わせます。出棺を葬儀場の外で待っている場面でしょうか。ふとみれば寒雀も列席者もいかにも寒そうです。「春の夜の少しのびたるもやしの根」（川上弘美）はなにか頼りないような春の夜の気分です。

天高く割れてきれいな馬の尻　柊ひろこ

澄み切った、抜けるような秋空と艶光りした馬の尻。「新生姜声のきれいな人とをり」（佐藤ゆき子）は、新生姜のような清々しさとよく通る美声との取り合わせです。「こでまりや盃軽くして昼の酒」（波多野爽波）は、こでまりと一杯機嫌。どちらもよく弾みます。

千年は永くもなしよねこじやらし　辻　桃子

ふてぶてしい台詞（せりふ）は仙人？　それとも作者？　いえいえ風に逆らわずに揺れている

ねこじゃらしのひとりごとかもしれません。「もう一度生きるも大儀草の絮（わた）」（波多洋子）。絮を飛ばして次のいのちをつなぐ雑草。「よく草臥（くたび）れないものだ」と見つめる作者です。

太股に肉戻りたる曼珠沙華　　飯島晴子

太腿の肉と曼珠沙華との取り合わせ。連想のキーワードは生命力でしょうか。「虻唸る明朝体を太くして」（中村堯子）。どうしても言っておきたいことを太明朝体で強調しました。耳障りな虻の唸る晩春の昼下がりです。「なんとなく鶏卵とがり百日紅」（齋藤玄）は、うだるようなある夏の日。百日紅の赤が不安定な作者の精神状態を感じさせせます。

5　調べとリズム

七五調、なかでも五七五は日本人が慣れ親しんできた韻律です。そのままで充分リズムのいい調べですが、さらに印象的なものにするためのテクニックがいくつかあります。ただし使い過ぎは禁物。肝心なのは中身です。

❶リフレイン

同じ音数の言葉が繰り返されることで、五七五以外のリズムが刻まれて複雑な味わいになります。ただ、繰り返すことでどういった思いを伝えたいのか、そして繰り返しでその効果が出ているかといった点を充分吟味する必要があります。

大阪に飽かず蝙蝠にも飽かず　山尾玉藻

飽かずという強い否定を繰り返しました。揺るぎない作者の心映えが伝わってくるリフレインです。「ふだん着でふだんの心桃の花」（細見綾子）も信条の吐露といった句。

冬波に乗り夜が来る夜が来る　角川源義

「夜が来る」の繰り返しが寄せ来る波のイメージにつながります。「親一人子一人螢光りけり」（久保田万太郎）では、「親一人子一人」のリフレインで感じさせる切ないような思いをO音の頭韻、「り」の脚韻を畳みかけるようにして強調しています。

❷韻を踏む

頭韻や脚韻を踏むことで軽快なリズムや弾むような気分を生み出します。

ふはふはのふくろふの子のふかれをり　　小澤　實

「ふ」を繰り返して、やわらかな調べとなりました。「ひとはみなひとわすれゆくさくらかな」（黒田杏子）も頭韻でリズムをつくっています。「妻二夕夜あらず二夕夜の天の川」（中村草田男）は「二夕夜」の繰り返しと中七、下五の「あ」の韻が効いています。

さびしさや水からくりの水の音　　大場白水郎

中七と下五の頭で、畳みかけるように「水」が繰り返されています。一度読んだら覚えてしまう語感のよさです。「いつはりもいたはりのうち水中花」（鷹羽狩行）「田には田の森には森の秋の音」（加藤瑠璃子）もリズムよし。

犬の足人間の足クリスマス　神野紗希

文字通り「足」で脚韻を踏みました。「葉桜の影ひろがり来深まり来」（星野立子）も「来」の脚韻。「ふわふわの闇ふくろうのすわる闇」（坪内稔典）は「ふ」で頭韻を踏み、かつ「闇」で脚韻を踏んでリズムを整えました。

❸対句

二つのフレーズを対比させた句。リズム感が出ます。対比が鮮やかで、かつ詩を生む構造になっているかどうかが成否のポイントとなります。

冬のくる音くちびるをひらく音　鳥居真里子

違った音を二つ並べて、さて共通点はなんでしょうかと問いかけたような句です。「死に至る時間蕪を煮る時間」（永島靖子）。蕪の煮えるのを待ちながらこの先の命を考えます。

冷え過ぎしビールよ友の栄進よ　　草間時彦

「～よ」と詠嘆を重ねて対句にしました。友の栄進に複雑な思いで飲むビールです。「いつかふたりいづれひとりで見る櫻」（黒田杏子）では対句にして頭韻も踏みました。

切株があり愚直の斧があり　　佐藤鬼房

来し方を振り返れば、そこに切株と愚直な斧があった――。味わい深い対句です。「右にこそ左にことし弥次郎兵衛」（鷹羽狩行）では去年と新年を左右に振り分けました。

❹台詞（せりふ）を生かす

話し言葉の句は言葉も滑らか。調子も整います。

葛の花来るなと言つたではないか　　飯島晴子

なんともインパクトがあります。「生きるのがいやなら海胆（うに）にでもおなり」（大木あまり）「次の世は潮吹貝にでもなるか」（能村登四郎）などは、台詞だけの一句です。

うつるわよしらないよもう春の風邪　小沢信男

こちらは思わずにんまりさせられる句。話し言葉がやわらかな調べを醸し出しています。「仰山に猫ゐやはるわ春灯（はるともし）」（久保田万太郎）は京言葉が味。「だから褞袍（どてら）は嫌よ家ぢゅうをぶらぶら」（波多野爽波）。破調のリズムが居場所のない父の姿を彷彿とさせます。

しつかりと見ておけと滝凍りけり　今瀬剛一

一句一章できっぱりとまとめました。鮮やかです。「渡り鳥見えますとメニュー渡さるる」（今井聖）「今日は休んでしまいましたと落葉焚く」（柳家小三治）も情景が浮かぶ句。

裏口はあいてをります月見草　石山正子

上五中七を話し言葉にして下五を季語でおさえるカタチです。「向うでも綺麗でゐなよ秋彼岸」（加藤郁乎）「近くまで来たのでと言ふ秋桜」（鈴木鷹夫）も同じ。

❺オノマトペ

擬音語や擬態語など、オノマトペは句にリズム感をつける効果があります。シズル感や緊張感も生まれ、臨場感のある句になります。ただし使い古されたオノマトペは避けること。

とつくんのあととくとくと今年酒　鷹羽狩行

待ちに待った新酒をお猪口に注ぐところ。「と」と「く」の繰り返しがリズムを生んでいます。「石の家にぼろんとごつんと冬がきて」（高屋窓秋）もユニークです。

寒雷やびりりびりりと真夜の玻璃　加藤楸邨

緊張感のあるオノマトペです。「かりかりと蟷螂蜂の皃（かほ）を食む」（山口誓子）「原爆許すまじ蟹かつかつと瓦礫あゆむ」（金子兜太）もK音の硬質な響きが効果的です。

ライターの火のぽぽぽぽと滝涸るる　秋元不死男

油の切れかけたライターと滝が涸れていくところをオノマトペでつなぎました。「鳥わたるこきこきこきと缶切れば」（同）の句では寂しい男の背中が見えてきます。

6 レトリックの習得

これまでにご紹介してきた列挙、対句、擬音語・擬態語などもレトリック（修辞法）の一種ですが、この項では比喩を中心に見ていきましょう。

❶直喩

「～のようだ」「～のごとし」のように、比喩であることをはっきり明示する表現です。手垢にまみれたものでない、新鮮で個性的な比喩かどうかが成否の分かれ目。

かぶるなら翼のやうな夏帽子　大牧　広

弾む気持ちを「翼のような夏帽子」という比喩で表わしました。「ところてん煙の如く沈み居り」（日野草城）「巣箱より出づる音符のやうな鳥」（金子敦）も形状の喩えです。

炎天や張り手のごとき中国語　安里道子

音を体感で捉える。破裂音の多い中国語の喩え。なるほどと納得です。「湯ざめして廃墟の中に立つごとし」（蘭草慶子）はなにか途方に暮れたような気分でしょうか。

花びらや喝采のごと降りやまず　福井芳野

花吹雪を見上げての一句です。「尺蠖（しやくとり）の哭くが如くに立ち上り」（上野泰）「マハ椅子に凭るがごとくに花疲」（阿波野青畝）も動作の喩え。どちらも印象的です。

着膨れてなんだかめんどりの気分　正木ゆう子

直喩は「ような」「ごとし」以外にこんな表現もあります。ほかに「夕焼けて祈るかたちに駱駝坐す」（鷹羽狩行）「うすらひにきぬいときれしほどの音」（藤田湘子）「初蝶の舞ふといふより告げ渡る」（西村和子）「涼風の一塊として男来る」（飯田龍太）など。

鮭といふ一本の朱乾びけり　　長谷川　櫂

本来なら「AといふBのようなもの」というところを略した比喩表現です。ほかに「遠足といふ一塊の砂埃」（後藤比奈夫）「白鳥といふ一巨花を水に置く」（中村草田男）など。

❷隠喩

「AはBのようだ」などと比喩であることを明示せずに「AはBだ」と言い切るかたちの比喩です。切れ味のいい表現になります。

絵日傘を閉ぢて炎をたたみけり　　橋本榮治

炎のように熱くなった日傘を「炎」の一文字で表わしています。「いちれつの金切声のチューリップ」（奥坂まや）では鮮烈な原色のチューリップを金切声と断定しました。

わが頬の枯野を剃つてをりにけり　　渡辺白泉

中年にさしかかって肌もかさついてきました。枯野は肌だけでなく髯を剃っている際の心象風景でもあります。「太陽の黒点の子の蝌蚪泳ぐ」（野見山朱鳥）も色の共通点だけでなく太陽の生命力といったイメージも重なってきます。

街灯はあまたのクルス鳥渡る　　対馬康子

祈りを込めて渡り鳥たちをあまたの街灯が見送っています。「顔じゅうをたんぽぽにして笑うなり」（橋閒石）。顔をまん丸にした輝くような笑顔です。

❸換喩

たとえばモーツァルトの曲と言わずに「モーツァルトを聞く」というような表現。その対象を言う際に、対象と関連のあるものに置き換えて表わす方法です。

香水の香の輪郭の来て座る　　津川絵理子

女性とは言わずに香水に置き換えて表現しました。なんと輪郭まで。「脚立より帽子下りくる袋掛」（片山由美子）。この句では人物を帽子に置き換えました。「どつと夏豹の絵柄の服が来る」（小笠原和男）は大阪の商店街でのスケッチでしょうか。

冷や飯がぞろぞろと来る春霞　坪内稔典

冷や飯を食わされて男たちがやってきました。「わいわいもぶらぶらも来る冬の波止」（同）は、にぎやかな男たちとのんびりと歩く人たち。「おかあさんどいてと君子蘭通る」（池田澄子）。もちろん君子蘭がしゃべったわけではありません。娘さんです。

白魚汲みたくさんの目を汲みにけり　後藤比奈夫

白魚を目で象徴させました。「花冷のちがふ乳房に逢ひにゆく」（眞鍋呉夫）ではなんと乳房。これはおだやかではありません。「戦争が廊下の奥に立つてゐた」（渡辺白泉）では軍人を戦争に置き換えました。逆光を背にした軍服が目に浮かびます。

❹誇張

文字通り大げさに表現すること。誇張することで強調したりユーモアを生んだりします。

蝌蚪（かと）乱れ一大交響楽おこる　野見山朱鳥

交響曲が沸き起こったように泥が舞い上がりました。視覚を聴覚に転じているのも技。「蝶墜ちて大音響の結氷期」（富澤赤黄男）「蝶結びほどけば幾千万の蝶」（対馬康子）。

単三電池四個で動く冬銀河　今井　聖

上方漫才なら「そんなあほな」とツッコミが入るところ。「枝豆の食ひ腹切らばこぼれ出む」（三橋敏雄）「牡丹園ひとまわりして年とりぬ」（鳴戸奈菜）なども笑えます。

豹の檻一滴の水天になし　富澤赤黄男

緊迫感のある表現です。「夕焼けて西の十万億土透く」（山口誓子）は透明感のある哀しみでしょうか。この世から極楽までを夕焼けが照らしました。ほかに「百方に借あるごとし秋の暮」（石塚友二）「千の蟲鳴く一匹の狂ひ鳴き」（三橋鷹女）など。

❺象徴

思いや感情、思想などをあるものに象徴させて表現します。ひとりよがりになりがちなので注意が必要ですが、成功すれば句に奥行きが出ます。

不惑なり蝌蚪のあげたる泥けむり　小川軽舟

「四十にして惑わず」。でもおたまじゃくしがあげる泥けむりほどの惑いはあります。「夜が来る数かぎりなき葱坊主」（西東三鬼）。葱坊主は不安の象徴なのでしょうか。

おぼろ夜のかたまりとしてものおもふ　加藤楸邨

おぼろ夜のかたまりとは包容力に溢れた作者のたましいでしょうか。それともなかなか答えを出せない悩みの深さなのでしょうか。でもこうした句はあまり理詰めで鑑賞しない方がよさそうです。「身のうちに鮟鱇（あんかう）がゐる口あけて」（奥坂まや）なども同様です。

峰雲に招待席のあるごとし　　大木あまり

誰がなんのために招いているのか。読み手によってさまざまな解釈が可能になる句です。「心中の崖を見あぐる氷柱(つらら)かな」（秋元不死男）「出入口照らされてゐる桜かな」（柿本多映）「凩や馬現れて海の上」（松澤昭）なども心に響く心象風景になっています。

抽斗(ひきだし)の国旗しづかにはためける　　神生彩史

抽斗に仕舞っておいた日の丸がはためきだしました。「頭の中で白い夏野になつてゐる」（高屋窓秋）「石の上に　秋の鬼ゐて火を焚けり」（富澤赤黄男）。

❻擬人法

人間でないものを人間に見立てて表現します。動植物に限らず、電化製品などの生活用品も登場したりします。親しみやすい句にするのには、うってつけの技法です。

ほつといてくれと振りむくいぼむしり　　大木あまり

ニヒルなかまきりの登場です。「水馬のどこか侍ふうである」（仁平勝）「田螺(たにし)やや腰を浮かせて歩み出す」(野中亮介)など、愛すべきキャラクターが揃いました。

なめくぢり身を絞りつゝ起き返り　野見山朱鳥

対象を見つめる、やさしい作者の目が感じられる句です。「吊されし鮟鱇何か着せてやれ」(鈴木鷹夫)「こほろぎのこの一徹の貌(かほ)を見よ」(山口青邨)なども同じです。

曼珠沙華蕊のさきまで意志通す　鍵和田秞子

擬人化することで曼珠沙華の特徴をシャープに写生しました。「やはらかきちから先まで藤の花」(古賀まり子)「白菜の冷たき尻を抱へけり」(谷口摩耶)も植物の擬人化。

雪解川わきめもふらず流れけり　片山由美子

自然も擬人化してしまいましょう。「体力のある夕立と思ひたる」(櫂未知子)「冬の瀧力をためてゐたりけり」(平井照敏)「連翹(れんげう)に空のはきはきしてきたる」(後藤比奈夫)。

空き缶がいつか見ていた夏の空　津沢マサ子

今度はモノの擬人化です。「退屈な蠅取リボンよぢれだす」（片山由美子）「ソフトクリーム仕上げはつんとすましたる」（安里道子）「新聞紙すつくと立ちて飛ぶ場末」（三橋敏雄）。

以上でウォーミングアップ編を終わります。まだまだ基本的な型や技はありますが、それらはおいおい学んでいくことにして、そろそろトレーニングへ移りましょう。

デイリートレーニング編

句会にも出ないし、吟行に行く時間もないので、なかなか俳句がつくれない。そんな方はぜひ一日の中で時間を定めて、そのときの場面やちょっとした発見を句にする習慣をつけましょう。

俳句を詠むということは、ものをよく見て、感じることでもあります。日常生活は知らないうちに時間が流れていきます。そんな時間の中で、ちょっと立ち止まって一瞬を切り取ること。これで日々の時間がより豊かなものになっていきます。

この章では一日のさまざまな場面を設定して、そこで詠まれた句をいくつか紹介しています。そんな句を参考にしつつ、さあ今日も〝俳句な一日〟のスタートです。

朝

出勤前や、夫や子どもを送り出すまでの忙しない時間ですが、いくつか「ここが作句チャンス!」というポイントがあります。季節感溢れる朝の句にチャレンジしてください。

1 目覚めを詠む

「春は曙枕を踏んで水飲みに」(大木あまり)。目が覚めたら、もうその瞬間からが俳句の特訓です。なにか物音はしないか。匂いはしないか。窓からのひかりや風はどうか。なにかの気配で目覚めたという、その一瞬を切り取ってみましょう。

❶目覚めの爽快感

春暁を髪やはらかく目覚めたり　　岡本差知子

春夏秋冬それぞれの目覚めを詠みます。「鬢搔(びんか)くや春眠さめし眉重く」（杉田久女）「桃ひらく口中軽く目覚めけり」（岡本眸）などは春。「夏至の日の手足明るく目覚めけり」（同）は夏。食欲の秋を迎えると「飯の香の睫毛に触る、秋の朝」（青山光歩）。台所からの匂いで目覚めました。冬になると「暖房に唇かわく目覚めかな」（稲畑汀子）となります。

❷目覚ましの音

目覚しが鳴り了る菜の花いろに　　千代田葛彦

目覚まし時計が鳴っていますが、「世間はすっかり春だなあ」などと考えながら、寝床でまだぐずぐずしているところ。「菜の花いろ」で差し込んできた朝日を感じさせます。「めざましは妻に鳴る音梅雨の音」（秋元不死男）。夫は布団をかぶってもうひと眠りです。

❸物音などで目覚める

梅雨に入る車の音に目覚めつゝ　　秋田裕弘

ふとなにかの気配で目覚めた。そんな一瞬を切り取ります。ほかに「風鈴や目覚めてけふのくらしあり」（鈴木真砂女）「蚊帳（かや）渡る風の青さに目覚めけり」（菖蒲あや）など。

❹目覚めたときの心模様など

女一人目覚めてのぞく蛍籠　　鈴木真砂女

昨日の蛍狩りの余韻の中での目覚めです。「短夜の鐘のねいろに目覚めけり」（瀧井孝作）は涼しげ。「寝くたれの股にはさまり夏布団」（矢島渚男）は寝苦しかった夜。「カタカナのやうに起きたり寒の入り」（ドゥーグル・J・リンズィー）は体が思うように動かない寒さ。

❺家族の目覚め

寒暁のあたたかき子を目覚めさせ　坂本宮尾

子どもや夫を起こしても一句です。この句では触感をフィーチャーしました。「小鳥来て熱の下がりし子の目覚め」（三村純也）「啼く鳩をいぶかしむ子と目覚めおり」（三谷昭）「春眠に春眠の子を起こす声」（清水基吉）「春の雨誰からとなく目覚めけり」（阿部みどり女）。

2　夢を思い出して

「夢に出て我が全景の紅葉狩」（小泉八重子）といった鮮やかなものから「立春の夢に刃物の林立す」（柿本多映）などという物騒なものまで――。忘れないうちに早速一句です。

❶夢に託された思い

朝寝して白波の夢ひとり旅　金子兜太

念じていれば、こんな夢も現われます。「夢に舞ふ能美しや冬籠」（松本たかし）「夢にてはなほ力泳に堪ふるなり」（相生垣瓜人）などは、いまやもう叶うことのない夢です。

❷季節感のある夢

花あれば花咲爺も夢に出て　角川春樹

「螢の香ありて夢よりさめしかな」（松瀬青々）。夢にどう季節感を盛り込むかもポイントとなります。「囀の夢に入りけり紅かりし」（榎本好宏）は夢に入り込んできた囀り。

❸体感との取り合わせ

眞つ直ぐに寝る夢いつかくちなはに　　中原道夫

くちなは＝蛇

ハハハ、作者の寝相の悪さが目に浮かぶような句です。「夢ざはり悪しごはごはの蚊帳(かや)にゐし」（同）では蒲団をはみ出して蚊帳まで寝返りを打ちました。ほかに「魚になる夢に目覚めてなほ寒し」（辻美奈子）「埒もなし電気毛布に夢追ひて」（水谷晴光）。

❹夢の中身は言わずに

お歯黒となりて口開く春の夢　　鳥居真里子

夢の内容は読者に想像してもらうという句。「新秋や女体かがやき夢了る」（金子兜太）「冬深し手に乗る禽の夢を見て」（飯田龍太）「短夜の夢に極彩色の鳥」（片山由美子）「夢がまだ尾を引いている挿木かな」（能村登四郎）なども気になる夢です。

❺懐旧・人恋いの夢

老年や夢のはじめのすみれ道　桂　信子

来し方をたどるような懐かしい夢です。「夢の世や珈琲館はいまも雪」（攝津よしこ）「見舞はねば夢に来る夫星祭」（石田あき子）「いもうとの夢に幼し木の実独楽」（佐野美智）。

3　雨戸や窓を開ける

「あかるみて雨戸あくれば春の山」（田中冬二）。雨戸を開けて、差し込んできたひかりや窓からの景に季節の移り変わりなどを感じた。そんなときはすかさず一句です。

❶庭に咲いた花を詠む

朝顔を数ふる習ひ雨戸繰る　中山康子

弾む気持ちが伝わってきます。「からからと雨戸を廻す杜若(かきつばた)」（長谷川櫂）「窓ひらく鉄線の花咲きわたり」（山口青邨）「窓開けてすぐあけぼのの豆の花」（鈴鹿野風呂）。

❷爽快感

燕の巣みどりのかげのさしゐたり　大野林火

雨戸を開けて軒下の燕の巣を見上げます。そろそろ日差しも夏めいてきました。「大瑠璃の声聞く窓を開け放ち」（山口ひろし）「窓あけば家よろこびぬ秋の雲」（小澤實）。

❸気持ちを乗せて

窓あけて見ゆる限りの春惜む　高田蝶衣

惜春の思いを込めてしみじみと眺めた窓からの景色。いつもとは違って見えます。「朝ぐもり窓より見れば梨の花」（高村光太郎）「秋空へ大きな硝子窓一つ」（星野立子）。

4 朝のゴミ出し

最近は分別収集が進んで、曜日によって集めるゴミの種類が異なります。

❶ご近所の庭を眺めながら

白木槿ごみを出すにも蝶むすび　片山由美子

気分のいい朝。春うららです。ほかに「梅の花ごみ収集車の中はごみ」（山下彩乃）「丸呑みのゴミ収集車萩の垣」（出口民子）「塵芥車椿煽つてゆきにけり」（冨田正吉）など。

❷ゴミを象徴的に詠む

春暁や無数の黒いゴミ袋　対馬康子

まるで人間の業が詰まっているかのようなゴミ袋です。「大寒の生きては塵芥を出しにけり」（村越化石）。「着膨れてゴミの袋ところがりぬ」（三井卯女）は自分の戯画化。

5　洗面所で

洗面所でまずしげしげとわが顔を眺めてみる。そして顔を洗って、歯を磨いて、髭を剃る。そんな一連の動作の中でふっと季節感を感じたときを切り取って一句にします。

❶鏡を眺めて

洗面の湯気の中なる風邪心地　　岡本　眸

寝込んでもいられない冬の朝のワンシーン。「ざぶざぶと春愁の顔洗ひけり」（戸井一洲）「元旦の顔を小さく洗ひけり」（本宮哲郎）も、どうもパッとしない朝のようです。

❷顔を洗って

顔洗ふ盥に立つや秋の影　　夏目漱石

「桃の日の湯のあふれゐる洗面器」（涼野海音）は雛の日の春のひかり一杯の洗面所。「茄子の花顔洗ふたび齢とつて」（細川加賀）「柿若葉顔を叩いて洗ひけり」（興梠隆）「顔洗ふ水のかたさよ冬隣」（手嶋千尋）などもそれぞれの季感感に溢れた句です。

❸髭剃りで

木の芽時用心深く髭を剃る　　辻脇系一

春先は体調も精神状態も不安定になりやすい季節です。用心に越したことはありません。「柿青し鏡いらずの鬚を剃る」（石川桂郎）「髭剃りし顎の手触り鳥渡る」（深町一夫）はどこか淋しさを感じさせる句。

❹歯磨きで

春風にこぼれて赤し歯磨粉　正岡子規

洗面所の窓から春風が吹き込んできました。歯磨粉の赤が印象的な句です。「歯ブラシをゆつくり使ふ朝曇」（平石和美）は朝から蒸し暑い夏の朝。「歯ブラシを替えて私の弥生くる」（川島美好）。こちらは爽やかな春の朝です。ほかに「朝寒や歯磨匂ふ妻の口」（日野草城）など。

6 厠（かわや）で詠む

朝のトイレでの自分ひとりの時間。これは格好の作句タイムです。「時鳥（ほととぎす）厠半ばに出かねたり」（夏目漱石）は総理大臣西園寺公望からの招待を断る文に添えた句。

❶思索のひととき

われ在りと思うてをれば廁の蚊　辻田克巳

哲学的な瞑想に耽っていても、蚊は容赦してはくれません。「父死して廁の寒さ残しけり」（有働亨）「便所より青空見えて啄木忌」（寺山修司）「廁にて国破れたる日とおもふ」（能村登四郎）なども思索のひととき。

❷窓からのひかりや風

廁より目鼻を晒す秋の風　小林康治

窓からの風やひかりにも目を向けてみましょう。「明易（あけやす）の足を照らして廁かな」（如月真菜）「廁紙辛夷（こぶし）明りに減りゆけり」（長谷川双魚）なども作者の表情が浮かびます。「こほろぎに囲まれてゐる便座かな」（山尾玉藻）では廁の外の音を句材にしました。

❸廁での自画像

暑き日や虫の顔して廁より　細谷ふみを

汗びっしょりで廁から出てきたところ。今日も酷暑の一日になりそうです。「時の日の正刻に入る廁かな」（藤田湘子）は時の記念日の定刻に入る廁。規則正しい暮らしです。

7 朝の食卓で

「パンにバタたつぷりつけて春惜む」（久保田万太郎）。季節感に溢れた朝食メニューやその匂い、食卓での家族のやりとり、カーテン越しの朝日などを詠んでみましょう。

❶元気一杯の朝

カーテンを膨らましては囀りぬ　安里道子

窓から春風。そして囀りが聞こえてきます。爽快な一日の始まりです。「牛乳を飲む万緑に負けぬやう」（辻美奈子）「パン焦がす笑ひ翡翠（かはせみ）よく鳴いて」（北見さとる）。

❷自分自身のスケッチ

蕃茄（とまと）にも尖れる頭朝ぐもり　中原道夫

作者の顔が浮かびます。二日酔いの朝かもしれません。「朝めしに三度鼻かむさむさ哉」（横井也有）もいささか情けない朝となりました。「朝食は素顔しゃきしゃき独活を食ぶ」（勝尾佐知子）「歯こまかき子の音朝餉のきうり漬」（古沢太穂）。こちらは爽やかな句。

❸食材で一句

こんがりとパンしやつきりと朝の萵苣（ちしゃ）　平井郁子　萵苣＝レタス

「サラダさつと空気を混ぜて朝曇」（正木ゆう子）。サラダで始まる初夏の朝です。「送り出してひとりの朝餉レモン切る」（寺岡捷子）「朝食の前の体操アルファルファ」（山本純子）「寒卵薔薇色させる朝ありぬ」（石田波郷）。

❹食卓でのひとりごと

モディリアニ生まれし日なりパンに黴　　皆吉　司

病弱だった画家のことを偲びながらの朝餉です。「父母遠し朝餉にきざむ瓜の音」（小山えりか）。「ぽんとトースト台風は海へ抜け」（原雅子）は食卓での会話で一句。

8　朝刊を読む

新聞が届いた音で目覚めたという人もいらっしゃるかもしれません。そのほか、①新聞を取りに行って、②新聞を開いて、③記事を読んで、といった作句チャンスをお見逃しなく。

❶新聞を取りに出て

朝刊をとる紫陽花を除けながら　川崎展宏

玄関を出て郵便受けまでで一句です。「単車来て朝刊が来て終戦日」（小川小春）。終戦記念日の記事が一面にありました。「朝刊に日いっぱいや蜂あゆむ」（橋本多佳子）。

❷手ざわりや匂い

新聞紙角をするどく冬に入る　宇多喜代子

触感や嗅覚をフルに働かせます。「朝刊の手ざわり極暑やってきし」（宇咲冬男）「朝刊の匂ひをひらく菜種梅雨」（井上雪）「朝刊に雪の匂ひす近江かな」（田中裕明）。

❸記事の内容を句材に

テロと言う朝刊の文字　あばれ梅雨　赤瀬ノブ

時事ネタで詠む場合は、あとあと古びてしまわないような工夫が必要です。「コソボ停戦その朝刊の梅雨湿り」（倉本岬）「新聞なれば遺影小さく冴えたりき」（石田波郷）。

❹新聞を読んでいる情景で

新聞小説ハッピーエンドせり師走　　藤木清子

連載小説の最終回を読み終えたあと、この一年を振り返ります。「朝刊を大きくひらき葡萄食ふ」（石田波郷）「涼風や新聞広げゐて読まず」（蓬田紀枝子）。「立春大吉朝刊にわが名あり」（山田弘子）は、俳句欄に自分の名前を見つけたところでしょうか。

9　お弁当づくり

あわただしい朝のお弁当づくりです。「どれどれ」と眺めてという句もあります。

❶子どもや夫とのやりとりで

子に見せて包む弁当木の芽晴　辰巳奈優美

新学期も始まりました。「今日はハンバーグだよ」と子どもに見せてから包むお弁当です。「弁当を持たされ今日へ押出さる」（浜野白蓬）。夫は冷たくあしらわれました。

❷弁当を覗きこんで一句

弁当に牛蒡（ごぼう）うれしく笹子鳴く　岸本尚毅

窓から鶯の笹鳴きが聞こえてきました。もうすぐ春がやってきます。「弁当の蓋に従う煮凝よ」（橋本直）はお昼どきになって弁当の蓋を取ったところかもしれません。

10
朝の化粧のひととき

化粧道具なども句材にして、朝の化粧のひとときを詠みます。

❶物憂さを詠む

化粧憂し春たけなはを面やせて　　鷲谷七菜子

物憂い朝の化粧のひとときです。ほかに「雛より遠き眼をして紅を引く」（斉藤史子）「化粧てふさびしきことを朝の蟬」（辻桃子）など。

❷妻の朝化粧を眺めて

寒紅をつけるいとまに妻はあり　　上野　泰

出掛けるとなると夫はいつも待たされます。でも作者は鷹揚に構えました。「寒紅を濃くさしたるを怖れけり」（鷹羽狩行）「風邪ごゑの三面鏡をたたみけり」（行方克巳）。

❸化粧道具を句材に

口紅を少し濃くせり今朝の冬　大海みつ子

少し気を引きしめて冬を迎えます。「鏡拭く手に春光の生まれけり」（谷口桂子）「マニキュアの指を扇風機にかざす」（深見道子）「夏服に変へ口紅の色も変へ」（吉田慶子）。

11 身支度をする

出勤や通学、買い物など。出掛ける前に身だしなみを整える際の句です。

❶ネクタイ選び

ネクタイの弥生の色を撰みけり　野村喜舟

そろそろネクタイも明るい色にしたくなる季節です。「冬服着てネクタイの柄の一点朱」（林翔）は気合の朱。ほかに「ネクタイを結ぶときふと罌粟あかし」（富安風生）。

❷アクセサリーを句材に

ネックレスこつんと夏の来りけり　　佐藤郭子

身につけるものだけに、触感で季節を詠むのに装身具はうってつけです。ほかに「眞珠もて今日秋冷のイヤリング」（坊城としあつ）「身支度の最後冷たき腕時計」（西山睦）。

❸出掛ける時の気分を詠む

勝ち癖のあるスーツかな万愚節　　櫂　未知子

験を担いで選んだスーツで出掛けます。でも四月馬鹿でした。「糊利かす綿のブラウス弥生来る」（岡部名保子）は鼻唄が出そうな朝。「ゆるゆると身支度しをる桜かな」（大木あまり）「辞書入れて露の鞄といふべしや」（田中裕明）などは元気がありません。

12 朝の散歩

犬を連れての散歩のほか、出勤前のジョギングなど。ゆったりとした気分を詠みます。

❶散歩コースを詠む

水に沿ふけふの散歩は柳まで　矢島渚男

川風に吹かれながらの散歩です。「木の芽ふく十坪の庭を散歩かな」（正岡子規）「散歩圏伸ばして河鹿鳴くところ」（石城暮石）「百歩にて返す散歩や母子草」（水原秋桜子）。「阿武隈や朝靄に溶く白き息」（増田明美）は阿武隈川沿いのジョギング。

❷犬を観察する

たくましき犬と見てゐる氷柱（つらら）かな　加藤楸邨

「犬老いて散歩をきらふ冬の朝」（萩原まさえ）。寒い日も犬の散歩は欠かせません。ほかに「桜しべ踏んで散歩のブルドッグ」（川崎展宏）「寒雀なじみの顔の犬へ来る」（杉山岳陽）など。

❸心情を重ねて

霜柱ひらたきこころにて歩く　中原道夫

自分に言い聞かすように歩きます。「余生とは歩くことらし山笑ふ」（清水基吉）「葉桜のしあわせ朝の道歩く」（立岩利夫）。「歩くほどつよくなる足著莪（しゃが）の花」（手塚美佐）は健康のためのウォーキングでしょうか。

13 洗濯をする

朝から快晴。さあ思い切り洗濯するぞといった気分を詠んでもいいですね。

❶爽やかさをテーマに

洗濯機アマリリスの鉢傍らに　九里順子

夏の爽やかな朝です。「バナナ持ち洗濯機の中のぞきこむ」（しらいししずみ）。洗濯は洗濯機まかせ。「あたたかし叩いて動く洗濯機」（鈴木友寄枝）となかなか頑丈です。

❷日差しを詠む

蒲公英（たんぽぽ）のひらき洗濯日和かな　平山眞澄

気持ちよく晴れ上がった、まさに洗濯日和の朝です。「空つぽの洗濯籠や囀れる」（西村和子）。「ことごとく枯れて洗濯日和かな」（奥名春江）はあたたかな小春日和です。

❸ため息をついて

洗濯にふやけし指や菊日和　　鈴木真砂女

思わず口をついて出たひとりごとです。「洗濯すもう晩秋のものばかり」（対馬康子）「洗濯機より摑みだす足袋その他」（山尾玉藻）「花冷えて洗濯物の白さかな」（坂内哲雄）「朝顔や週を二回の洗濯日」（鈴木真砂女）。

14 物干しで

干した衣類や物干し台・テラスからの風景を詠んでみましょう。

❶なにを干したか

ベビー蒲団干してミルクの匂ひ立つ　　栗山妙子

「蒲団」は冬の季語。赤ん坊の匂いがしました。「春は名のみの三角巾をどう干すか」（池田澄子）。「榧(かや)の実を干し紋付を干す日かな」（山本洋子）は特別な日の翌日です。

❷思いを重ねて

白シャツを干して遠のくことばかり　　林　誠司

青春の遠い日々を思い出してのひとときです。「子がなくて白きもの干す鵙の下」（桂信子）「生涯を足袋干す暮らし仏生会」（井上雪）は嘆きを呑み込んで干す洗濯物。

❸周囲を見回して

赤とんぼ洗濯物の空がある　　岡田順子

洗濯物を干し終わって見上げた秋の澄み切った空。郷愁を誘われます。「日の出で東さみしき足袋を干す」（寺田京子）「連翹のひかりに遠く喪服干す」（鷲谷七菜子）。

15 雑巾掛け

板の間や畳などを磨き上げます。日差しや体感で季感を出しましょう。

❶雑巾掛けの情景

朝鵙や雑巾がけは尻立てて　　本庄登志彦

廊下を一気に進んでいくうしろ姿が浮かびます。秋晴れの朝です。「身を入れて卓の下拭く寒の晴」（井上雪）「雑巾堅く絞る朝顔紺と白」（鈴木鷹夫）なども清々しい句。

❷拭き掃除でのもの思い

秋風や柱拭くとき柱見て　　岡本眸

来し方を思いつつ拭き掃除です。「寝るだけの畳を拭くや鯊（はぜ）日和」（春日一枝）「畳拭く秋やかがめば血の音す」（寺田京子）「雑巾となるまではわが古浴衣」（加藤楸邨）。

❸雑巾を干して

雑巾のからから乾き敷松葉　山口昭男

強い北風に雑巾もからからからに乾きました。「凸凹に雑巾かわく桜かな」（山口優夢）「雑巾のまだ濡れてゐる落花かな」（糸大八）などは駘蕩たる春の日差しの中の雑巾です。

16 朝の通勤風景

「朝寒の膝に日当る電車かな」（柴田宵曲）。自宅を出てから勤め先に着くまでの間に一句ものにできるシーンがきっとあれこれあるはずです。車窓の景もお見逃しなく。

❶駅への通勤路で

燕来るパンの匂ひの朝の駅　　池田祥子

「採血車とまり秋暑の駅広場」（河野南畦）「駅に立つ菊人形の見本かな」（橋本對楠）なども駅周辺でふと見つけた発見です。

❷改札を通る

定期券の大きな数字夏燕　　津川絵理子

「改札に実習生立つ夏休み」（田中照子）など。改札を抜けるときも作句チャンスあり。

❸駅での情景

更衣（ころもがへ） 駅白波となりにけり　　綾部仁喜

一斉に通勤客も更衣です。ほかに「立春の駅天窓の日を降らし」（寺島ただし）「駅蕎麦のホームに届く葱の束」（塩川祐子）「秋冷や座り馴れたる駅の椅子」（松尾踏青）。

昼

会社や出先で、あるいは自宅や買い物に出掛けてなど。日常のなんでもないようなシーンからも句が生まれます。どんな情景を切り取るか、例句をヒントに考えましょう。

17 会社の昼休み

最近は近くで弁当を買ってきて会社で食べる方も多いようですが、俳句のトレーニングを兼ねて、お昼休みには会社から出て、街をぶらりと歩いてみましょう。

❶昼食を摂りながら

十秒で牛丼と夏来たりけり　　蓜島啓介

時間がないので牛丼で済ませる昼食。思い切り汗をかきながら頬張ります。「降る雪に立喰ソバは鋭き香」（中村堯子）「豚カツのパン粉尖りぬ日の盛」（眞瀬雪延）「日替りのランチで済ます終戦日」（福島勲）「どんぶりのなるとの紅の春めきぬ」（北村保）。

❷昼休みの社内風景

かたまつて同じ事務服日向ぼこ　　岡本　眸

昼食を終えてのひとときでしょうか。「空蟬をみつけて仕事着の硬さ」（澁谷道）「事務服の吹かれ走りや十二月」（草間時彦）なども事務服に着目した句。「受付の机の下の扇風機」（榮猿丸）では昼休みの受付嬢を詠みました。

❸街で感じる季節感

秋風や昼餉に出でしビルの谷　　草間時彦

ビルを出てふっと秋を感じました。「春待つや色麩ふたつのおかめそば」（小川軽舟）は丼を眺めながら。「三伏（さんぷく）や弱火を知らぬ中華鍋」（鷹羽狩行）は厨房を覗いて。「地下街の列柱五月来たりけり」（奥坂まや）。地下街でも一句です。

❹ビジネス街での人物スケッチ

ひらとＹシャツ葉桜の昼餉どき　　岡本　眸

少し汗ばむような陽気になってきました。風に吹かれつつの昼休みです。ほかに「空仰ぐ人なき街や鳥帰る」（片山由美子）「客を待つタクシー春を待つ如し」（小川軽舟）「着ぶくれてビラ一片も受け取らず」（高柳克弘）など。

18 街を詠む

出先の街角や買い物や用事で出掛けた百貨店などでも作句してみましょう。

❶街を概観して

牛丼屋ホテル秋風そんな町　岸本尚毅

いつもの町をひとことで言ってみました。「大阪にいつもの雲や夏来たる」（如月真菜）「雪の夜の一塊として社屋あり」（谷雄介）「秋風とキリコの街を早足で」（鳴戸奈菜）。

❷街路を歩く

街路樹を次の囀りへと歩む　大輪靖宏

そぞろ歩きにうってつけの季節です。ほかに「伊東屋を抜け道にして花の雨」（鳥居美智子）「回転扉ひとなく廻る渡り鳥」（北野平八）「抜け道のビルの出入りや十二月」（中坪達哉）「日盛りのぴしと地を打つ鳥の糞」（村上鞆彦）など。

❸おやっと思った情景

百貨店めぐる着ぶくれ一家族　草間時彦

年末の買物でしょうか。まん丸く着込んだ家族の一団です。ほかに「春闌くるビジネス街に朱の鳥居」（和田耕三郎）「缶コーヒー取出口の落葉かな」（金子敦）「日向ぼこめく喫煙の一屯ろ」（奈良文夫）など。

19 職場で

仕事中に一句というわけにもいきません。なにか句になりそうだと思った情景などは、休憩時間などにでもちょっとメモしておきましょう。

❶仕事中の自画像

春の昼大いなる首まはしけり　　加藤哲也

　ということでまた仕事を続けます。「水洟（みづばな）の鼻ネクタイの上に据ゑ」（猿橋統流子）。風邪でもなかなか休めません。「桐一葉鞄は科（とが）の重さにて」（大牧広）。鞄には未読資料がどっさり。「職分として蟷螂をつまみ出す」（今井聖）といった仕事まであります。

❷会議中に

質問がなければ飯や雲の峰　　加藤静夫

　午前中の会議が終わりました。窓には入道雲。「会議果て第一級の寒気団」（同）は極寒の日の会議です。「ハンカチの角が疲れて会議了ふ」（大牧広）「秋の蚊を打ちて終れり夜の会議」（土屋秀穂）など。会議を終えてという句がよく詠まれます。

❸忙中閑あり

事務椅子の半回転に雲の峰　　長嶺千晶

気分転換に回転椅子を窓の方へ向けました。「ホチキスの針の整列秋つばめ」（辻美奈子）「勢いたつガスの炎や朝の職場」（森田智子）はお茶を淹れに立ったところ。

❹社員を観察して

労務課も事務課もバレンタインデー　　藤井諏訪女

義理チョコの習慣もなくなりつつあります。「見るからに決算期なる歩きやう」（大牧広）「刈り上げて女上司のぼんのくぼ」（福本弘明）「極暑歩む胃に穴多き課長たち」（櫂未知子）などと同僚や上司も詠んでみましょう。

❺嘆きの一句

叱られに会社へ戻る秋の暮　　杉原祐之

足取り重く帰社します。「商談のもつれて帰る西日坂」（田中政子）「首輪にも似るネクタイの暑さかな」（小山孝）「ボーナスや机を並べ性合はず」（山崎ひさを）。

20 自宅でくつろぐ

ここからは自宅で過ごす昼下がりについて、いくつかのシーンを想定してみます。日常のほんのちょっとした所作などからも詩は生まれます。そんな例句をいくつか選んでみました。スライスオブライフの句のつくり方を学んでください。

❶ほっとひと息ついて

珈琲にシナモンを振る秋はじめ　　菅原闘也

ゆったりと自宅で過ごすひとときです。「茶柱の涼しく立ってをりにけり」（中村正幸）「爪切って指を揃える南風」（たまきみのる）「新涼や瓶のかたちに水のあり」（麻里伊）。

❷とりとめもない時間

文旦を眺めてゐたる肘枕　　菊田一平

所在なく時間が過ぎていきます。「春昼やひとり声出す魔法瓶」（鷹羽狩行）「退屈な手が伸びてくる梨の皿」（山田佳乃）「扇風機ときどき止まる叩けば回る」（工藤克巳）。

❸退屈な昼下がり

筍のごつんごろんと妻の留守　　鈴木鷹夫

留守番をして一句です。「卯の花やしだいに眠き雨の午後」（和田耕三郎）「風鈴の鳴りさうな風来て鳴らず」（片山由美子）「春愁や眼鏡は球をふけば澄み」（上村占魚）。「電気コードを秋から冬の次の間へ」（池田澄子）と少しは用事も済ませます。

❹なにげない所作を詠む

仏壇のメロンを今日も押して嗅ぐ　　池田澄子

いつもついやってしまうことを詠みます。「わが書架の前に立ち読み麦の秋」（鷹羽狩行）「冷蔵庫開けてプリンをおどろかす」（柘植史子）「口中に飴ぼんやりと春の雪」（清水径子）。

21 宅配便などが届く

知人からばかりでなくネット通販など、宅配便が近所を一日中行き来するようになりました。「なにが届いたか」「包みをほどいてみて」などをテーマに詠んでみましょう。

❶意外なものが届く

われものと書かれ冬瓜届きけり　　山尾玉藻

ずいぶん重いし、一体なんだろうと梱包を解くと、なんと冬瓜でした。「さくらんぼみちのくの香を運び着く」（岩村美智子）「どかと着く京大根の重さかな」（坊城中子）。

❷届いたときの情景

ネコ印宅配車にて来し五月　　辻田克巳

ネコのほかペリカンやカンガルーも宅配してくれます。「定形外郵便で来し鱵干し」（大山文子）。分厚い手紙と思って開いたら乾物の匂いが広がりました。「窓のある書籍小包小鳥来る」（八染藍子）では一体どんな本が届いたのかと楽しく想像させてくれます。

❸回覧板が届いて

大根受く回覧板と引き換へに　西山春文

回覧板を届けたら、収穫したばかりの大根を持たされました。ほかに「回覧板蜜柑の匂ひして届く」（小林苑を）「回覧板持ち裸子の抱かれくる」（篠原暁子）など。

22 庭先で

庭先でくつろいだり、草抜きをしたり、水遣りをしたり…。ご近所の庭木を眺めたり、近くの公園などをそぞろ歩きしてみるのもいいでしょう。

❶ぼんやりと庭を眺める

庭下駄に足のせ初夏の縁に腰　星野立子

爽快な気分が伝わってきます。「夕立や砂にまみれし庭草履」（竹久夢二）「日のさしてをりて秋めく庭の草」（深見けん二）「北向の庭にさす日や敷松葉」（永井荷風）。「去る猫に尻の穴あり日向ぼこ」（岸本尚毅）。ときには野良猫もやってきます。

❷庭の手入れ

草むしり軍手で眼鏡押し上げて　海野良子

流れる汗も見えてきそうな句。「雑草のしたたか夏の来たりけり」（瀬戸溪水）「向日葵へホースの水を鋭くす」（津川絵理子）「一本の草抜きに立つ端居かな」（岡本高明）。

❸思わぬ発見を詠む

剪定の一枝がとんできて弾む　髙田正子

植木屋さんの仕事ぶりを眺めて一句です。「庭へ来る隣の犬や萩の花」（会津八一）「ベランダの鉢が終の地秋の蟬」（宮崎静枝）「庭下駄の四五歩に柚子をもぎにけり」（石嶌岳）。「隣家より来たる毛虫を踏み潰す」（西山春文）。ときにはこんな来訪者もあります。

23 ペットと過ごす

ペットの猫や犬、小鳥や金魚などを詠んでみましょう。日々刻々眺めていて飽きません。

❶表情を詠む

街薄暑猫も眉間に皺を寄せ　岩田由美

眉間によった皺を見逃しませんでした。こうした発見を詠みましょう。ほかに「よきものに猫の溜息雪催」（正木ゆう子）「こでまりの花に眠くてならぬ犬」（辻田克巳）など。

❷動きを詠む

猫の尾のひとり遊びや小六月　　長嶺千晶

ペットの尾もなかなかの役者です。「犬の尾のふさふさとしてクリスマス」（石田郷子）「猫の子のふにやふにやにしてよく走る」（大木あまり）「母猫の縞に仔猫の縞潜る」（小久保佳世子）「猫が出て子が出て来たる掘炬燵」（千原叡子）。

❸抱いてみて

梅雨じめりしてゐてセントバーナード　　坊城俊樹

撫でてみたり、抱いてみたりした際の触感などを詠みます。「抱かれて子猫のかたち定まらず」（片山由美子）「子猫洗ふ尻尾の雫絞りつつ」（対中いずみ）。

24 部屋を見回して

ぐるりと部屋を眺め回して季節を感じさせるものを探してみましょう。

❶ひかりを詠む

卓袱台は冬日の暮れのこるところ　　辻　美奈子

卓袱台へ冬日が差し込んでいます。頬杖の作者が浮かびます。「西日さしそこ動かせぬものばかり」（波多野爽波）は「いい加減に片づけてよ」と奥さんに言われたあとでしょうか。

❷ものと季節感

涼新た居間に広がる子の線路　　谷口摩耶

「カーテンに鼻先触れし秋の暮」（涼野海音）「雨粒の春の玻璃戸となりにけり」（松

尾清隆）「たんぽぽを活けて一部屋だけの家」（佐藤文香）。それぞれ「大きく弧を描いたプラレール」「カーテン」「玻璃戸」「ワンルーム」などに季節感を重ねました。

❸けだるい視線

スリッパにみぎひだりあり冬籠　　大輪靖宏

物憂いような作者の視線を感じさせます。「身ほとりに何も叩かぬ蠅叩」（手塚美佐）「啓蟄や家のどこかが軋む音」（谷口摩耶）「押入の奥にさす日や冬隣」（草間時彦）。

25 ちょっと其処まで

ちょっと用事で出掛けた折の作句チャンスも見逃さずに。

❶ぶらりと近所まで

ちよつとそこまでの大きな西日かな　島田牙城

用事というほどのものでなくてもぶらりと出掛けます。「ポストまで行ってもどってあたたかし」（黒崎かずこ）「日短か無口な野暮と根岸まで」（鈴木明）。

❷買い物に出掛けて

ツバメの巣スーパーの天井許されて　北原志満子

こんな意外な出会いもあります。「スーパーの隅の草市ありがたし」（大牧広）「売り切れの鶯餅のあった場所」（池田澄子）「叩くなと書かれし西瓜みな叩く」（仲寒蟬）「街薄暑フランスパンは立てて売る」（藤堂くにを）などは店内のスケッチ。

❸散髪屋で

散髪の椅子起こされて昼寝覚　寒河江桑弓

所在なくしていると「散髪へでも行ってきなさい」ということになります。「花冷の床屋のほそき鋏かな」（兼城雄）「日盛のひまな床屋を覗きけり」（仁平勝）「散髪のあとのさみしさ鳥雲に」（川上弘美）「文化の日床屋に椅子を回されて」（遠山陽子）。

❹道々の嘱目（しょくもく）

風五月ピアスさらりと塗装工　　藤原悦子

嘱目とは目に触れたもので俳句をつくること。「小春日のどうもどうもとすれ違ふ」（竹中美智子）「かつこうと啼く信号に一葉落つ」（本多脩）など。「春泥をまたいだつもりだつたのに」（谷本元子）。でも、よそ見ばかりしているとこんなことになるのでご用心。

26 手紙が届いて

旅先からの便りや時候の挨拶、礼状などが届きます。そんなときには差出人のことを思って一句したためてみましょう。相手の人物像が彷彿とするように詠むのがポイント。

❶手紙そのものを詠む

新涼のさざなみに似し手紙あり　峯尾文世

涼しげなさざ波がこころへ寄せてくる。そんな手紙だったのでしょう。「水仙や折り目をかたく手紙来る」（津川絵理子）「広重の切手涼しやその文も」（津森延世）。

❷封を切って一句

雪深き国の便りの青インク　津田このみ

送り主の住む雪国へ思いをはせました。「封切れば香水語り出すやうに」（田中春生）。「手紙読む上り框やほととぎす」（山本洋子）と待ちきれずに封を切りました。「らしからぬ手紙パセリのほろ苦き」（夏井いつき）。ときにはほろりとさせられたりもします。

❸返信を書く

宛名まづ書いて息つぐ萩の雨　　秦　夕美

とりあえず宛名を書いてさてというところ。「切手貼る一滴の水麦の秋」（今瀬一博）。「星祭郵便局の混み合へり」（大場佳子）。郵便局で今日は七夕だったと気づきました。

27 家事を片づける

片付けものや拭き掃除、アイロン掛けなど、なにかと家事がある昼下がり。

❶片付けもの

ゆく夏を帽子の箱にしまいけり　　水上博子

季節の変わり目のあれこれの片付けものです。「をととしの水着を捜す桐簞笥」（守屋明俊）「おもちゃ箱の中から春を摑みだす」（橋本榮治）。「春愁や読まざるままの書も括り」（村上沙央）。廃品回収の朝、思い切って処分することに決めました。

❷拭き掃除

窓磨き上げて九月の来てゐたり　　西山　睦

磨き上げた窓から、澄み切った秋の空を眺めます。「柱拭くかかと上げれば秋の風」（角光雄）は体感で感じる秋です。ほかに「秋逝かす顔拭くやうに窓拭いて」（岡本眸）「冬隣姿見縦に拭きおろし」（中村堯子）など。

❸こまごまとした家事

パフを干し牡丹刷毛干し蝶の昼　　木田千女

やわらかな感触のものを詠むことで物憂いような春昼の気分が伝わります。「花疲れすでに洗濯機を廻る」（柴田奈美）「落葉掃くだけの頭になつてゐる」（飯田晴）。「空蟬を剝がす防犯カメラより」（桐生真地）などといったことまでしなければいけません。

❹アイロン掛け

夏めくやアイロン持てば力瘤　馬場公江

いよいよ夏と気合が入ります。「アイロンは汽船のかたち鳥曇」（角谷昌子）「アイロンの鼻先進む枯野かな」（石井浩美）は物思いに耽りながらのアイロン掛け。「風花やまだアイロンの利いて来ず」（三好潤子）「アイロンに余熱桜の満開に」（山尾玉藻）。

28 自転車に乗る

気分転換に風を切って自転車で出掛けてみましょう。

❶風を感じながら

風みどりペダル踏むたび身の透きて　大川ゆかり

青葉を吹き渡ってきた薫風の中のサイクリングです。「薫風や自転車で来て朝のミサ」（八木マキ子）「自転車でたんぽぽ摘みに遠出かな」（黒川みつを）も風を感じる句。

❷旅へのいざない

自転車を路地に洗へば鳥帰る　　依光陽子

ふっと旅愁を感じた一瞬を詠みました。「自転車を倒し七月匂いけり」（和田悟朗）「自転車を降りて仰ぎぬ桐の花」（藤野艶子）「自転車の空気入れたすみどりの日」（井門伸）。

❸自転車のある風景

自転車の投げ込んであり夏むぐら　　大串　章

いかにも夏休みのワンシーンです。「自転車に昔の住所柿若葉」（小川軽舟）「みな駅へ向う自転車犬ふぐり」（田中不鳴）「緑蔭に自転車止めて賭将棋」（吉屋信子）。

29 来訪者を詠む

友人や知人の訪問のほか、訪問販売や各種の勧誘など自宅にいると意外と来訪者が多いものです。そんな日常のひとコマを一句にしてみましょう。

❶来客の手土産

土砂降りのなかやつて来しさくらんぼ　高倉亜矢子

雨の中を大事に抱えてきたさくらんぼです。「叔父といふ人が西瓜を提げて来し」（仁平勝）。「冬瓜を提げきて結婚するといふ」（星野麥丘人）はビッグニュースを携えてきた客。

❷客との応対

大西日やけに立ち入る私生活　石山正子

長居されてちょっと迷惑な客もいます。「送り出て又立話初時雨」（深見けん二）「酒屋来る洗濯屋来る桜草」（高橋常穂）「近くまで来たのでといふ秋桜」（鈴木鷹夫）。「勝手口から今年また秋の風」（池田澄子）などという風流な客もあります。

30 街へ出る

買い物がてら街に出掛けます。ショウウインドウを覗いたり、ちょっと寄り道したり…。街ブラを楽しみながら、一句ひねってみましょう。

❶街角スケッチ

三越のライオンも暑に耐へゐたり　大島雄作

そういえばいかにもそんな表情です。「平積みの表紙まぶしき五月かな」（馬場公江）「築地から銀座へ抜ける日永かな」（仁平勝）「抽籤器くるりと春のうごきけり」（内田美紗）。

❷行き交う人々

黄落や同じ本もつ人と会ひ　仲村折矢

街で出会った人をスケッチします。「銀座には銀座の歩幅夕永し」（須賀一恵）「さくら散る路上ライブの楽譜にも」（宮川由美子）「廻転扉出て春服の吹かれけり」（舘岡沙緻）。「鳥雲に靴紐ほどけやすき町」（渋川京子）。春の空を見上げたりしつつ、ゆったりと歩きます。

❸店内の情景

春めくやくるぶしのぞく試着室　寒河江桑弓

デパートのフロアでの嘱目。「デパートに用なき顔も涼みをり」（中野のはら）「売り物のソファーに座る日永かな」（金子敦）「三越のはじかみ売場二度通る」（山尾玉藻）。

❹買い物をして

日記買いワイン買い子の襁褓(むつき)買う　　神野紗希

襁褓＝おむつ

あわただしく年の瀬の買い物です。「本買へば表紙が匂ふ雪の暮」（大野林火）「丸善にノートを買つて鰯雲」（依光陽子）。「八重洲ブックセンター福豆付いてくる」（和田順子）「蒔いたことなし銀行の花の種」（大島雄作）。あれこれ景品ももらいます。

31 車で出掛ける

ちょっと車で出掛けた際の句。窓からの景色や車内での情景を詠んでみましょう。

❶流れていく景色

花吹雪バックミラーを遠ざかる　　中塚健太

桜並木の花吹雪の中を抜け出たところです。バックミラーで景色を切り取りました。「カーブして薔薇園またぐ高速路」（大島民郎）「ワイパーの合間に透けて遠柳」（浅野天二）。

❷助手席で

上布着てシートベルトに縛さるる　山崎富美子

涼し気な麻の和服なのにシートベルトとは味気ない。「助手席へ焚火の匂ひ持ち込みぬ」（野田ゆたか）は焚火を終えて匂いとともに乗り込みました。「アクセル全開秋愁を振り切りぬ」（能村研三）。ハンドルを握ると人が変わります。同乗したくないタイプです。

32 帰宅途上で

電車の中、帰り道、自宅に着いて…。会社からの帰路や買い物帰りにも句材あまたです。

❶ホームや電車で

多摩川を渡る電車の灯の涼し　　本田洋子

見慣れたはずの車窓風景にも季節を感じる日があります。「大西日ホームに待合室残る」（亀割潔）「数へ日の一駅の間に暮れにけり」（坂本宮尾）「七人掛座席七人着ぶくれて」（小澤實）「吊革のしづかな拳梅雨に入る」（村上鞆彦）。

❷改札を出て

数へ日や一人で帰る人の群　　加藤かな文

群れなして帰路を急ぎますが、それぞれが一人です。「男には駅と家あり秋灯（あきともし）」（大部哲也）「改札にスパイス匂ふ夕薄暑」（栗山心）「改札を掲げて通る聖菓かな」（栗原かつ代）。「自転車盗られうろうろ帰路の月見草」（奈良文夫）といった目にもあいます。

❸玄関先で

ドアノブのひんやりと夏来たりけり　倉田夕子

俳人はこんなところにも季節を感じます。「寒灯にカチリと鍵の合ひし音」（毛塚静枝）「春雨に夕刊かぶり帰りけり」（小沢昭一）「風呂吹の匂ひの中へ帰りけり」（桑原立夫）。

❹帰宅後のスケッチ

脱ぎ捨てし背広に梅雨の重さあり　山田弘子

帰宅した夫の背広をハンガーへ掛けようと持ち上げたところでしょうか。「手袋を脱ぎたるあとの独りかな」（舘岡沙緻）「こまごまと梅雨の鞄を出でしもの」（森賀まり）。

夜

会社を出てから帰宅、就寝まで。あるいは夕餉の支度や家族の団欒、趣味の時間を過ごすなど…。黄昏どきから床に入るまでのシーンをあれこれ集めてみました。

33 夕餉の支度

買い物を済ませて、夕餉の支度に取り掛かります。野菜や魚などの食材自体を詠むもよし。下拵えや調理中、盛り付けを詠むもよし。多彩な句が詠めそうです。

❶献立を考える

おのづから決まる献立初鰹　　片山由美子

初鰹が店頭に並んだ日。これはもう買う一手です。「結局は今日も筍ごはん炊く」（稲畑汀子）という日もあります。「切り口のざくざく増えて韮匂ふ」（津川絵理子）「白葱のひかりの棒をいま刻む」（黒田杏子）「女の手冬菜を洗ふとき撓ふ」（井上雪）は下拵えの句。

❷名脇役の包丁

包丁はキッチンの騎士風薫る　　中村堯子

包丁を眺めて一句です。「一本の出刃の歳月初鰹」（大木あまり）「包丁に一点の錆梅雨兆す」（伊藤伊那男）「包丁のどれもなまくら花ぐもり」（吉原一暁）。「包丁の抜き差しならぬ南瓜かな」（鬼頭佳子）「大鯖に出刃を沈むる初嵐」（中西夕紀）と悪戦苦闘もします。

❸煮炊きして

湯の中にパスタのひらく花曇　　森賀まり

今晩は菜の花のパスタにしました。ほかに「煮込むとは放つておくこと梅雨深し」

（鶴岡加苗）「出汁巻をふつくら巻いて春惜しむ」（安里道子）「浅蜊よし味噌よし古い杓子よし」（川崎展宏）「秋刀魚けぶらせをりショパン聞いてをり」（結城昌治）など。

❹台所を見回して

流し台乾きし午後を鳥帰る　　津川絵理子

夕餉の準備までのひとときです。「包丁を持つて驟雨にみとれたる」（辻桃子）。今夜は涼しい夜となりそうです。「正義感みなぎる人参の赤さ」（奥坂まや）「生ごみの魚と目が合ふ夜寒かな」（篠崎央子）「煮ものして窓のくもりし目借どき」（檜紀代）。

34 夕餉の家族団欒

食事中の会話や家族の所作・表情、食後のシーンを詠んでください。

❶食卓の情景

じゃんけんで目玉勝取る鰤大根　　西澤夢女

こんな微笑ましいシーンもあります。「朧夜のピザ王国を分割す」（今井聖）「冷奴薬味は庭のもの摘みて」（上沖文男）「受験子の夕餉のキャベツ大盛りに」（舘岡沙緻）。

❷家族を詠む

祖母叱る母のやさしき星祭　　安里道子

しみじみと家族を見回して一句です。「湯豆腐や子の正論に逆らはず」（中矢利麗「あらためて家族はふたり草の餅」（佐藤博美）。「アッパッパ大きな腹に子はをらず」（茨木和生）などという口の悪い御仁もいます。

❸ふと箸を止めて

秋雨や夕餉の箸の手くらがり　　永井荷風

物思いでふと箸が止まりました。「ひぐらしに丈を違へて夫婦箸」（黛まどか）「腹八分老いては七分ちゃんちゃんこ」（高橋悦男）「箸使ふひとりの音の終戦日」（野見山ひふみ）。

❹食後のひととき

この家のみなとのやうな春炬燵　　大島雄作

一日の疲れがほぐれていく食後の春炬燵。「子とながき話をしたり青葡萄」（大牧広）「膝を組む母のをりけり夜の団扇」（蟇目良雨）「母と子のトランプ狐啼く夜なり」（橋本多佳子）。「西瓜切るすぐに帰るといふ人に」（西村和子）は駅から電話が入ったところ。

35 残業をして

卓を囲んで団欒という家族がいる一方、残業中の企業戦士たちもいます。

❶只今残業中

隣の課灯の消えてゐるちちろかな　小川軽舟

ちちろ＝コオロギ

せっかくの夜長ですが、あいにくの残業です。「しはぶきのあとの淋しき夜業かな」（米沢吾亦紅）「悴(かじか)みし手に残業の鍵の束」（長谷川史郊）「ネオンさす狭き事務所や夜食とる」（小田道知）。「自販機にゴトンと落す冬銀河」（前田勉）は夜食をとったあとの情景。

❷夜の街をスケッチ

香るごと街の灯点きぬつばくらめ　奥坂まや

会社の窓から街を眺めてみましょう。「ヘリコプター夜空にとびし音も春」（皆吉司）「街灯の綿菓子めきて冬の霧」（吉田博一）「給料日桜に街の灯が映り」（村上鞆彦）。

❸残業を終えて

終電車まだある夜業しまひけり　　岩崎健一

残業だといってもタクシー帰りというわけにもいきません。ほかに「夏の夜の更けてガソリン匂ひけり」（和田耕三郎）「終電のスパーク青き送り梅雨」（鷹羽狩行）「吊革のぶつかる音や冬の月」（加藤かな文）「駅頭のネオン乏しき秋しぐれ」（二ノ宮一雄）など。

36 赤提灯で一杯

「春の闇自宅へ帰るための酒」（瀬戸正洋）。会社のストレスを家庭に持ち込まない。これはビジネスマンの守らなければいけないルールの一つです。ということでちょっと一杯。

❶同僚や飲み友達と

立飲みの脚見えてゐる秋の暮　　広渡敬雄

まずは立ち呑み屋街をうろうろと…。「入る店決まらで楽し冬灯」（小澤實）「麦酒酌む呼べばかならず来る友と」（榮猿丸）「ワイシャツに灯の陰影や衣被」（小川軽舟）。

❷まずは乾杯から

乾杯に遅れて木の芽和と箸　　野口る理

突き出しを待たずにまずは乾杯です。「焼鳥やみなこめかみを動かして」（大木あまり）「言ひ難きことをさらりと切山椒」（徳田千鶴子）「冷奴大きな話聞いており」（橋爪隆子）。

❸料理に舌鼓

箸入れて風呂吹の湯気二つにす　　山田佳乃

これは酒が進みます。「牡蠣といふなまめくものを啜りけり」（上田五千石）「湯豆腐を東西南北からつつく」（大高翔）「ホルモン焼前歯でしごき年送る」（佐野まもる）。

❹そろそろお開き

泡消えしビールの前に二人かな　　中西夕紀

もう話のタネも尽きました。そんなときに「湯豆腐を頼むと成田から電話」（吉村昭）と連絡が入ります。「鱧食べて夜がまだ浅き橋の上」（草間時彦）はほろ酔いの帰り道。

37 付き合い酒

しぶしぶ付き合う酒、苦手な相手と飲む酒、接待の酒などを詠みます。

❶居心地の悪さ

よその課の石狩鍋に呼ばれけり　守屋明俊

顔見知りではありますが、どうも落ち着きません。「寄鍋の湯気越しほどの仲なりし」（柴田佐知子）「すぐ手帳開く男と鱧食へり」（小川軽舟）などもあまり話が弾まない酒席。「おでん屋に遇ひし上司をもて余す」（三村純也）。でもこうなると同席せざるを得ません。

❷ちょっと気の張る席で

外套を預け主賓の顔になる　森野　稔

「外套を持たされしばし身内めく」（佐藤博美）は外套を預けられた側の句。「寄鍋や引際といふ言葉ふと」（田辺レイ）。「虫の夜や場持ち上手の女将ゐて」（伊藤トキノ）。こういう女将がいると助かります。「鮟鱇鍋二人といふは謀る数」（大牧広）は個室での密談。

❸酒席での情景

ビールくるまで退屈な話かな　松下雅静

あまり盛り上がりそうもない夜です。「よく喋る奴が苦手や懐手」(越前春生)「はじめより帰る気の冬帽子かな」(森賀まり)「鴨鍋のさめて男のつまらなき」(山尾玉藻)「香水の男を避けて座りけり」(細谷喨々)「湯豆腐の貧乏ゆすりやめたまえ」(大木あまり)。

38 ひとり酒

馴染みの店でくつろいで飲む。やはりこれが一番です。

❶馴染みの店で

風鈴のよく鳴る店の地酒かな　　夏秋明子

夕涼みの窓際。いつもの席です。「熱燗や馴染の店の手暗がり」(田中春生)「路地奥の三畳店や燗熱く」(小澤實)「バーテンに見せる春夜の猫目石」(木暮陶句郎)。

❷嘆きの酒

心萎えしとき箸逃ぐる海鼠かな　　石田波郷

こんなときは海鼠にまで馬鹿にされたような気がしてきます。「壺焼に呟かれゐて箸休む」(福永耕二)「熱燗のあとのさびしさありにけり」(倉田紘文)「秋灯カウンターみな一人客」(寒河江桑弓)。「やけに効くバレンタインの日の辛子」(三村純也)は笑えます。

❸豊かな時間

鳥渡る夜空の音を肴とす　飴山　實

贅沢なひとりの時間が流れていきます。「風呂吹に機嫌の箸ののびにけり」（石田波郷）「冷し酒喉真つ直ぐに通りけり」（伊藤トキノ）「昭和遠し冷しトマトといふ肴」（伊藤伊那男）。

❹シズル感

大粒の雨が来さうよ鱧の皮　草間時彦

カウンター越しに女将と話しながらの冷し酒です。夕立で今夜は涼しくなりそうです。ほかに「山独活のたけだけしくも匂ひあり」（佐治敬三）「大皿に越前蟹の畏る（かしこまる）」（檜紀代）「花冷やうしほの鯛の大目玉」（小津安二郎）など。いずれも垂涎の句です。

39 書きものをして

手紙を書いたり、日記をつけたり、なにか書きものをしたりといった時間です。

❶手紙を書く

「前略」と書きしばかりや春の宵　中村苑子

さてなにから書き出そうか。筆がなかなか進みません。「書きさしの手紙の横の桜餅」（涼野海音）。「おぼろ夜の二円切手の白うさぎ」（川崎陽子）は書き上げて封をしたところ。

❷日記をつける

名刺よく使ひし日なり夜の蟬　大牧　広

一日を振り返ってのひとときです。「浮氷めく一日のありにけり」（佐藤博美）「日記より人生貧し犬ふぐり」（小川軽舟）「春惜しむ万年筆の太き線」（金子敦）。

❸辞書を引く

辞書割るといふこと遠し昭和の日　　櫂　未知子

パソコンの登場でめっきり辞書を引かなくなりました。「褒美の字放屁に隣るあたたかし」（中原道夫）「啓蟄に引く虫偏の字のゐるはゐるは」（上田五千石）といった発見も。

❹文具を詠む

青インク匂う夜長となりにけり　　熊谷山里

インクの匂いが懐かしさを誘います。「五月来る夜空の色のインク壺」（成田千空）「原稿用紙にきさらぎと書けば風音」（池田澄子）「月光はコクヨの罫に及びけり」（柿本多映）。

40 部屋で見つけた虫

蜘蛛、ごきぶり、守宮（やもり）、蜥蜴（とかげ）、蠅、金亀子（こがねむし）など。家の中で出会った虫たちを詠みます。

❶キャーと叫んで一句

ごきぶりと出くはす階段の途中　津高里永子

神出鬼没。どこで出くわすか分かりません。「蜥蜴出てあれこれすぐに手のつかず」（伊藤桐苑）「夜の蟬部屋に入って来てゐたり」（皆吉司）「寝返れば夫の顔あり守宮をり」（大東由美子）。「かなぶんを踏んでしまひし音なりし」（涼野海音）。で、キャーと叫びます。

❷つくづくと眺めて

さっきまでがんぼの脚だったもの　夏井いつき

仕留めたあとの戦場です。「髭の先までごきぶりでありにけり」（行方克巳）「穀象の群を天より見るごとく」（西東三鬼）「てのひらを返しては夜の蟻這はす」（片山由美子）。

❸遁走する虫たち

愛されずして油虫ひかり翔つ　橋本多佳子

ところが隣家でも嫌われます。「逃げ足の影まで迅し夜の蜘蛛」（伊藤偕幸）「掃き出せしものより蜘蛛の走りけり」（行方克巳）「蠅生れ早や遁走の翅使ふ」（秋元不死男）。「ごきぶりも同じ驚きなりしこと」（下田実花）。そうですね。相手は命がかかっています。

❹虫に頓着せぬ暮らし

まだ生きてゐるかと蚊にも刺されけり　結城昌治

少々刺されても騒がずという諦観です。やがて「秋の蚊も寄っちゃ来ませんいつからか」（黒田杏子）となります。「初めての老眼鏡に守宮来る」（山尾玉藻）も余裕の態。「蛞蝓（なめくぢ）に塩それからの立話」（福永耕二）。蛞蝓を退治して、あとはなにごともなかったように立話。

41 風呂に入って

「入浴も仕事のひとつ十二月」（佐野みつ）。風呂を沸かして、幼子の体を洗う。入浴後は風呂洗い、洗濯物もどっと出ます。作句のポイント満載のバスタイムです。

❶風呂場を詠む

バスタブの琺瑯白き夏来たる　小川軽舟

まだ日のあるうちの浴室です。気分も爽快なシャワータイムです。ほかに「バスタブの水は平らに夜の蟬」（亀割潔）「風呂の蓋ころころ巻きぬ文化の日」（相子智恵）など。

❷湯船に沈んで

薬湯の香のなつかしき寒の入　杉　良介

懐かしいような匂いに心が鎮まります。「柚子ひとつづつ湯へ放りこめる音」（山尾玉藻）と今晩は柚子湯です。そして「柚子のけて湯のまん中へ入りけり」（岡本高明）となります。「春の夜や小暗き風呂に沈み居る」（芥川龍之介）は、まだ気分が晴れないままの入浴。

❸体を洗う

足元に子を絡ませて髪洗ふ　辻村麻乃

おかあさんはお風呂もなかなか大変です。ときには「菖蒲湯の栓を抜かれてしまひけり」（堀川夏子）「水の出ぬシャワーの穴を見てをりぬ」（雪我狂流）といったこともあります。「黒黴といふきく耳を持たぬもの」（津川絵理子）。こちらは風呂掃除で一句です。

❹風呂上がりに

春風駘蕩湯船より娘の上がりたる　矢地由紀子

「湯気たててなんかないのという裸」（長嶋有）。どちらも湯上がりの家族のスケッチです。「湯疲れに解けゆくからだ春の雨」（日野草城）「湯ざめしてのちのちのさもあればあれ」（長谷川双魚）「湯ざめして一日の遠くなるおもひ」（片山由美子）は湯ざめの句。

42 電話のやりとりで

見えない電話の相手を想像したり、電話に出る際のちょっとした情景などを一句に。

❶電話の相手を詠む

着ぶくれてをるらしき声受話器より　　関口謙太

どうも大儀そうな様子。ときどきくしゃみなども聞こえます。風呂上がりには「長電話して春の風邪うつされし」（飯田直）なんてことにもなります。間が悪いと「風邪声で亭主留守です分りませぬ」（岡田史乃）と突っ慳貪（けんどん）にされたりもします。

❷電話中の出来事

ごきぶりを目に追ひ電話つづけをり　　長屋せい子

気になって仕方がないですが、切るわけにもいきません。「フリージア受話器を置きし時匂ふ」（西村和子）。「啓蟄の鞄の中に電話鳴る」（森田智子）は「もう春ですよ、出掛けてきませんか」という誘いの電話かもしれません。

❸電話の内容

兄からの電話数分梅の花　正木ゆう子

いつも用件だけで終わってしまう電話です。「餅搗きを頼まれてゐる長電話」（山崎羅春）は断り切れずにいるところ。ほかに「荒々と受話器を置くや虫の闇」（土田紫葉）など。

43 夜の自画像

夜、静かに自分と向き合う時間。そんなときには自分自身をスケッチしてみましょう。

❶自分を戯画化して

腰抜けと呼ばれ饂飩もわたくしも　　小西昭夫

腰の弱いうどんは好まれなくなりました。「着膨れて手足が難儀してをりぬ」（小笠原和男）「蚤居らずなりたる世かな丸裸」（三橋敏雄）「はったいをこぼすおのれを訝しむ」（八田木枯）。「すててこの父はちよこまかすべからず」（辻田克巳）は自戒です。

❷なにかになってみる

退屈が大きな桃となっている　　永末恵子

退屈すると、あくびが出ますが、桃になってしまう方もいます。ほかに「寒鯉のごとくにものを考へる」（岩岡中正）「着膨れてなんだかめんどりの気分」（正木ゆう子）「我もまた無駄の一つとして春に」（岸本尚毅）「公魚をさみしき顔となりて喰ふ」（草間時彦）など。

❸鏡を見て

正面に爺さんのゐる初鏡　田口　武

「あ〜ぁ、俺も年を取ったなあ」という感慨です。「丸顔は母のおさがり藍浴衣」（石山正子）「遺されし貌（かほ）が鏡に鵙のこゑ」（山尾玉藻）「甚平着て女難の相はなかりけり」（安住敦）。

❹無聊を託（かこ）つ

悴（かじか）んでゆび十本に骨がある　しなだしん

啄木ではありませんが、じっと手を見ました。「朧夜に肋叩けば鳴りにけり」（岡井省二）「身の鬼を煽ぎてゐたる団扇かな」（石原八束）。「こころいま世になきごとく涼みゐる」（飯田龍太）「新涼やさらりと乾く足の裏」（日野草城）は屈託のないひととき。

44 風邪気味の夜

寝るほどでもないけれど、なんだか熱っぽくてだるい。そんな夜です。

❶風邪の予感

大嚔（くさめ）わが分身を撒き散らす　　新井竜才

「一つでは済まぬくしやみとなりにけり」（稲畑汀子）。おやおやどうやら風邪のようです。「湯ざめして眉のあたりのうつろなる」（片山由美子）「水仙の丈の揃ひて悪寒かな」（大木あまり）。「体温計に体温移し桜散る」（山口優夢）。少し熱もあるようです。

❷風邪薬を飲んで

風邪薬さみしき女優のごとく飲む　　対馬康子

とはいえ、すこし気取ってみたりもします。「喉もとに月光あつめ薬のむ」（渋川京子）「薬箱開けし匂ひや冬はじめ」（齋藤朝比古）「粉薬やあふむく口に秋の風」（永井荷風）。

❸風邪心地を詠む

風邪気味のたのしいのんべんだらりかな　池田澄子

「頬杖の風邪かしら淋しいだけかしら」（同）は風邪心地を楽しんでいる風情です。「歯の穴へ舌行きたがる風邪ごこち」（齋藤朝比古）「フランスへ行きたい風邪の鼻音である」（原子公平）「風邪気味といふ曖昧の中にをり」（能村登四郎）なども同じです。

❹風邪寝

玉子酒飲んですとんと夢のなか　荒木治代

そうです。寝るのが一番。「暮れてゆく部屋の底なる風邪寝かな」（三村純也）「解熱剤効きたる汗や夜の秋」（小川軽舟）「舐めてすぐ噛る咳止め飴の音」（木下もと子）。「ひと廻り顔を小さく風邪癒ゆる」（能村登四郎）と一晩寝たら熱も下がりました。

45 テレビを見て一句

俳句をつくるには、やはり臨場感が大切。生で見るのが一番ですが、テレビだとアップとかスローモーションがあったり、ビデオで繰り返されたりといった利点があります。

❶ドラマや映画

梅雨深しテレビに燃ゆる本能寺　　工藤克巳

大河ドラマもいよいよ山場を迎えました。「春の夜の大河ドラマはすぐ叫ぶ」（大牧広）「おでんやがよく出るテレビドラマかな」（吉屋信子）「ヒッチコック深夜劇場柿を剝く」（嶋田一歩）「湯ざめしてジャンヌ・モローを見てゐたり」（村瀬勗）。

❷スポーツ中継

蕊となり花弁となりてスケーター　安里道子

フィギュアスケート中継で一句。「脱ぎしシャツ振りサッカーの勝者たり」（小澤實）「ラグビーの天を仰いで終りけり」（次井義泰）「ナイターや宰相だれになつたとて」（小沢昭一）。「ナイターの顔上げてゐる五万人」（小林苑を）は大きく弧を描いたホームラン。

❸天気予報

予報士の派手めな化粧梅雨に入る　新井洗澄

梅雨だというのになんとまあと眺めます。一方で「天気図の縞うつくしく梅雨に入る」（浜崎芳子）と思ったり…。「台風をみんなで待っている感じ」（中田美子）。「梯子あり颱風の目の青空へ」（西東三鬼）などと空想の世界に遊んだりもします。

❹テレビへひとこと

おもしろくなし敬老の日のテレビ　右城暮石

でも「敬老の日の漫才を見て笑ふ」（辻田克巳）とつい笑ってしまいます。「枝豆の飛びぬテレビの後ろまで」（金子光利）「鳥帰るテレビに故人映りつつ」（岸本尚毅）。「寒き夜やテレビを消せば顔映り」（馬場公江）はふと我に返った時間です。

46 読書して

本棚を眺めて。ゆったりと頁（ページ）を繰りながら。読み終えて。それぞれで想を練りましょう。

❶読書の情景

書斎派の眉間の皺も冬に入る　鈴木鷹夫

読書する際の癖でしょうか。眉間に皺が寄ります。「灯を消して匂う本棚冬に入る」（渋川京子）「寝る前に本すこし読む良夜かな」（辻田克巳）「本閉ぢて涙あふるる銀河かな」（鶴岡加苗）「枕辺のギリシア神話と冬に入る」（奥田友子）など。

❷作家名を盛り込んで

チェーホフと寝転んでゐる褞袍（どてら）かな　今井　聖

「チェーホフと」の「と」がポイントです。「短夜やヴィヨンの妻を読みおえて」（岸本マチ子）「結局はアガサクリスティ虫の夜」（星野麥丘人）。「ヘミングウェイ読めば腹減る斑雪（はだれ）かな」（榮猿丸）はパパ・ヘミングウェイに力をもらいました。お腹も減ります。

❸本の中身で一句

小説の舞台はパリへ明易し　　堀　雅子

小説もいよいよ佳境に入りました。「長き夜を滅びへローマ帝国史」（津川絵理子）。「スカーレットオハラのその後読み始む」（黛まどか）は『風と共に去りぬ』です。

❹図鑑や画集などを眺めて

時刻表あそびはさびし冬銀河　　森本　翔

時刻表で旅心を誘われつつ過ごす夜です。「夏近き植物図鑑虫図鑑」（福井貞子）。「光琳忌きららかに紙魚走りけり」（飴山實）は尾形光琳の画集でしょうか。

47 音楽を聴く

手軽にスマホでという時代になりましたが、レコード盤を磨きながら、アンプが温まるのを待つ。そんなレコード盤で聴く味わいにはやはり捨てがたいものがあります。

❶レコード盤を取り出して

交響楽運命の黴拭きにけり　野見山朱鳥

レコードは手入れを怠っているとこうなります。「ボロ市の古レコードの山崩れ」（行方克巳）。「レコードに針を置く音冬銀河」（荒井千佐代）「レコードの針の躓く夜長かな」（田辺満穂）など、レコード盤に針を下ろすという句もよく詠まれます。

❷さてなにを聴くか

ピアノ曲雪はアレグロより速し　辻田克巳

窓の雪を眺めながら聴くピアノ曲です。「エルビスのもみあげ長し春燈」（松本てふこ）「秋淋し人の声音のサキソホン」（杉本零）。「夜想曲さくら前線まだ遠し」（鍵和田秞子）は去年見た夜桜を思い描きながら…。

❸BGMとして

モーツァルト聴かされてゐる毛糸玉　杉山久子

こちらは編み物をしながらのモーツァルトです。ほかに「熱帯魚見てをりバッハ繰り返す」（禰宜田潤市）「ジャズ低く流れ夜食の紙コップ」（伊沢恵）など。

48　晩酌をする

家族が寝静まってからの酒。たまには夫婦水入らずで一献というのもいいですね。

❶寝る前に手酌で

海鼠あり故にわれありかぼすもある　川崎展宏

ちょっと哲学的瞑想に耽ります。肴は酢海鼠。「きゆと寒くなりたる夜の酒肴かな」（山根真矢）「茎漬に酒あまき夜は疲れ濃し」（大牧広）。「留守番の手酌に花火上りけり」（菅野潤子）。家族は花火に出掛けてしまいました。花火の音を肴に晩酌です。

❷しみじみと夫婦酒

いろんなことありましたけど冷奴　西野文代

水入らずの夫婦二人の時間です。「相槌も反論もなし冷奴」（田中美智子）。これではせっかくの晩酌も台無しです。「可も不可もなき余生かなビールかな」（小沢昭一）「寝酒していのちの炎つなぎけり」（那須淳男）「寝酒余せばもう寝るのかと青葉木菟（あをばづく）」（星野石雀）。

49 小腹がすいて

夜遅くの食事はよくないと言われますが、そうもいきません。

❶冷蔵庫を覗く

ごちやごちやとまたごちやごちやと冷蔵庫　　石塚友二

でもこれといって食べるものもありません。「冷蔵庫深夜に戻りきて開く」（辻田克巳）「冷蔵庫ひらく妻子のものばかり」（同）「栄養のかたよつてゐる冷蔵庫」（土井田晩聖）。

❷仕事や受験勉強中に

夜食とる机上のものを片寄せて　　佐藤博美

一段落しての夜食です。「悲鳴にも似たり夜食の食べこぼし」（波多野爽波）「所望して小さきむすび夜食とる」（星野立子）「あたたかき夜食の後の部屋覗く」（能村登四郎）。

50 就寝

さて一日が終わりました。今日は何句かつくれたでしょうか。では就寝前にもう一句。

❶寝る前のあれこれ

冬の夜や歯磨きどこで終らうか　小豆澤裕子

気がつけばずいぶん長くぼんやり磨いていました。「夏は来ぬパジャマの柄の月と星」（神野紗希）。「戸締りをまた確かめにちちろ虫」（安里道子）「踏台を使ふ戸締り蚊喰鳥」（冨田正吉）。最後にはやはり戸締りの確認です。

❷寝床に潜って一句

台風のなか夫（つま）も子もよく眠る　　西宮　舞

耳をすませば寝息が聞こえてきます。「鈴虫に耳奪はれて寝つかれず」（有吉桜雲）「黄落の中へ寝返り大きく打つ」（近恵）「足裏が眠らずにゐる大暑かな」（増田斗志）「眼帯の中で目覚めている寒夜」（対馬康子）。一方でなかなか眠れない人もいます。

❸夜中に目覚めて

サイレンがサイレンを追ふ夜の火事　　戸栗末廣

サイレンですっかり目が冴えてしまいました。「雷鳴のとどろく腓返りかな」（大石香代子）。「オーロラの夢みる煎餅蒲団かな」（高野ムツオ）「月光に目覚めて繭の中にあり」（青柳志解樹）「よく眠る夢の枯野が青むまで」（金子兜太）などはもう夢の中です。

パワートレーニング編

この章では、俳筋力アップのための集中的なトレーニングコースをいくつかご紹介します。それぞれに強化するべき俳筋力を定めて集中して行いましょう。時間に余裕のある日や句会などの出句の締め切りが迫ってきたときなどにぜひ挑戦なさってください。

1 通勤俳句にチャレンジ　瞬発力強化メニュー

夜はどうしても酔っぱらってしまって句作ができない。まとまった時間もなかなか取れない。でも俳句は多作多捨、数をつくりたい。ではどうするか——。俳句を始めた頃、そんな悩みがありました。

そこで始めたのが「通勤俳句」です。玄関を出て勤務先までの一時間余りで十句。集中して句作します。数年これを続けました。

では、頭を一気に俳句モードに切り替えて、さあ通勤俳句にチャレンジです。

❶季題をいくつか決める

あらかじめ「この季語で今日は詠もう」というものを仮に四つから五つ、決めておきます。立春を過ぎてめっきり春めいてきた日なら「春光」「春風」など。女性のファッションなども替わってくる頃ですから「春ショール」や「春日傘」などもいいでしょう。もちろんこれらの季語にこだわる必要はありませんが、あらかじめ決めておくと安心です。

❷通勤路で人物スケッチ

バス停や改札口、プラットホームなども作句チャンス。五感をフル活動させて句材をキャッチしてください。季節の変わり目では特に人々の装いや動きにも着目しましょう。

駅まではいつも小走り冬に入る　　小玉真佐子

白息が見えてきます。ほかに「葉牡丹や駅へ急げる人ばかり」（石田あき子）「捕虫網を絞りて持てり駅の晴」（田川飛旅子）「鶏頭も駅に佇むもののうち」（二村典子）。

❸週刊誌の中吊り広告で題詠する

「折って読む日経新聞朝ざくら」（片山由美子）などと車中風景のスケッチもできますが、毎日となるとそうもいきません。そこで題詠。「花粉め！という広告と通勤す」（武田伸一）。週刊誌の中吊り広告などの見出しから言葉を抜いて、それをお題にして句をつくってみます。「花粉症」「入学」などの季語でもかまいませんが、「論戦」「事故」などといった字句を詠み込んで作句してみるのもいいでしょう。

❹昨日の出来事を思い出して

今日はあたりを眺めてもどうも句になりそうなものがない。そんなときには、昨日を振り返ってみて、句になりそうなあれこれの場面を思い起こしてみましょう。オフィスで、訪問先で、帰宅途中で…。きっとなにか句材が見つかるはずです。

❺回想シーンを詠む

それでもまだ句材がない。そんなときには昨日に限らずにもっと時間を遡って、記憶を呼び起こしましょう。「去年の今頃はどうしていたかなあ」「幼い頃の春先の遊びといえばこんな風だった」などと思いを巡らせます。

さて通勤俳句チャレンジは、いかがでしたでしょうか。やってみると意外と句数がつくれるものです。通勤時間に合わせて五句とか十句とか句数を定めてチャレンジしてください。

コツは多少強引でもその場で十七文字にしてしまうこと。気になったことを単語でメモしておいて、あとで考えようというのはダメです。面倒くさくなって長続きしません。その場でつくってしまうことが大切です。

2 街角スナップ俳句　情景描写力強化メニュー

たとえばいつもよく行くカフェのテラスで通りを眺めます。テラスでは街の風景や行き交う人のほか店内のカップル客、子連れ客、店員の動きなどを観察します。

カフェに限りません。近所の公園やビルの屋上、山手線や環状線を一周してみてもいいでしょう。ちょっと足を延ばして海沿いのレストランや山上の展望台などへ出向いてもかまいません。ぶらぶら歩くのもいいですが、基本は一カ所に留まって観察します。その方が集中できます。ただし一時間で十句などと時間と句数を決めてチャレンジしましょう。

❶店内の客をスケッチ

窓際の席より埋まる春夕焼　　渡辺秀雄

失礼のない程度に店のお客さまを観察します。「少女らの肘のまぶしき更衣（ころもがへ）」（永田阿紀）「受験生座り直して肩とがる」（津川絵理子）「ストローの蚊の貌（かほ）となり飲んでをり」（中塚健太）。「外を見る男女となりぬ造り瀧」（三橋敏雄）はなにやらワケありのカップル。

❷店内を眺めて

風に飛ぶ紙ナフキンやソーダ水　　舘岡沙緻

テーブルまわりやウェイトレスやインテリアなどにも目を向けましょう。「一卓一燭青梅雨のカフェテラス」（上谷昌憲）「夕立来る大き一枚硝子かな」（井越芳子）「まつさきに濡るる木の椅子春の雨」（齋藤朝比古）「街の音かすかにとどく水中花」（涼野海音）。

❸行き交う人を詠む

身分証下げてぞろぞろ銀杏散る　　内田美紗

今度はしばらく通りを眺めての作句です。「着ぶくれてビラ一片も受け取らず」(高柳克弘)「人生の輝いてゐる夏帽子」(深見けん二)「てのひらを春雨傘の外へ出す」(杉本零)。「白靴に攻めの切つ先ありにけり」(小林貴子) は気合を入れてどこかへ向かう男です。

❹ちょっとした事件

受験生大河のごとく来たりけり　　仙田洋子

おやっと驚くようなシーンに出会ったりもします。「黄落の街マネキンを横抱きに」(今井聖)「銀杏を踏みつぶしゆく街宣車」(堀本裕樹)「百人横断一人転倒油照」(高柳克弘)。「小さき虹つぎつぎ創り車輪過ぐ」(正木ゆう子) では車道に虹を見つけました。

❺ひとり過ごす時間

ストローの向き変はりたる春の風　　高柳克弘

自分自身もスケッチしてみましょう。「夕立の一粒源氏物語」（佐藤文香）「新涼やはらりと取れし本の帯」（長谷川櫂）は読書していての一句。ほかに「冷房に冷えて指輪のガラス玉」（髙田正子）「ナプキンの帆をくずしけり鳥曇」（宮川みね子）など。

❻街の情景

サイフォンの泡の向うに梅雨の街　　鈴木鷹夫

カウンター席で雨の街をぼんやり眺めてというところ。「メロン掬ふ一匙ごとにスカイツリー」（大牧広）「別々に拾ふタクシー花の雨」（岡田史乃）。「一塊の光線（ひかり）となりて働けり」（篠原鳳作）では工事現場の作業員を詠みました。

このトレーニングでは情景をどう切り取るか、そしてその情景のどの部分にスポットを当てるかが大切です。そのシーンで「あっ」と思ったポイントはなにかを考えましょう。

3 動物園へ行こう　観察力強化メニュー

案内図などを見て、あらかじめコースと観察する動物を決めておいて十～二十句つくります。梟や鷹や兎など、季語になっている動物の場合は、その季のつもりで作句しましょう。

動物の動きや鳴き声、各種アトラクション、飼育員や来園者と動物とのからみ、獣舎の匂いなど…。俳句をつくる上での切り口が多彩で、観察力の強化にはうってつけです。その獣舎の前でしばらく腰を落ち着かせてゆったりとウォッチングしてください。思いがけない作句チャンスにきっと巡り会えるはずです。

❶動物園そのものを詠む

秋の蝶動物園をたどりけり　　正岡子規

蝶々を案内役にして園内を回ります。「めぐり出る動物園や雲の峯」（会津八一）はひと回りしたあと。「まだ温し夜の動物園の塀」（今井聖）はナイターの動物園でしょうか。

❷特徴のある動き

黒豹の尾のゆきもどる夕ざくら　　横山房子

豹が行きつ戻りつするときの尾に着目。しっぽのやわらかな動きと夕桜が響き合います。「霾(よな)ぐもり脇腹をかくカンガルー」（金澤浩子）「ペリカンの水噛みこぼす大暑かな」（小島健）。

❸シャッターチャンス

皇帝ペンギン春の鏡の前に立つ　　磯貝碧蹄館

自信満々に鏡の前に立ちます。さすが皇帝と言われるだけのことはあります。「炎昼の檻よライオン水を飲む」（橘川まもる）「山羊の子のひつぱつてゐる春の藁」（井上弘美）「春ひらく孔雀の羽根の百の紋」（岡田貞峰）などもカメラを向けたくなるシーンです。

❹ひかりを詠む

春浅しキリンの影の淡き壁　　永井龍男

キリンというと空との取り合わせを考えがちですが、この句は影を詠んでひかりを感じさせました。「猿の毛の金の逆立つ花の昼」（杉山久子）「光りしは鷲の目ならず鷲の爪」（後藤比奈夫）など。動物の毛並みや爪や歯なども取り合わせてみましょう。

❺風を詠む

象も耳立て丶聞くかや秋の風　　永井荷風

いかにも秋の風の風情です。「孔雀まで吹かれて来たり春の暮」（藤田湘子）「鷲老いて胸毛ふかるる十二月」（桂信子）「春風や首で争ふフラミンゴ」（山田佳乃）。

❻圧倒的な存在感

四トンの象四トンの寒さかな　　岡本久一

眼前に巨大な寒さの塊りがあります。「牡丹雪十五年目のボスゴリラ」（今井聖）「犀は犀の重さに耐ふる目借時」（矢田涼）「黒豹はつめたい闇となつてゐる」（富澤赤黄男）。

❼人との絡み

ゴリラ不機嫌父の日の父あまた　　渡辺鮎太

ゴリラも父親も不機嫌な一日です。「のどけしや象の背を掃く竹箒」（蓮見徳郎）「ライオンは寝てゐるわれは氷菓嘗む」（正木ゆう子）「遠足の一団替る河馬の前」（要ひろみ）「園丁の一緒に浸かる犀の水」（田川飛旅子）「大年の鰐の背中を洗ひをり」（石寒太）。

❽仕草を詠む

音楽のわかる象の尾草の花　　後藤比奈夫

よく見れば園内放送の音楽に合わせて振っています。「ふくろふの向こう側から顔戻る」（渡辺鮎太）「寒いペンギン考えは今首の中」（墨谷ひろし）「起つときの脚の段取り孕鹿（はらみじか）」（鈴木鷹夫）。「重心の涼しきパンダ坐りかな」（後藤比奈夫）はパパのことかもしれません。

❾獣舎を観察して

パンダ舎に小さき窓ある銀河かな　橋本榮治

おとぎ話の中へ誘われそうな句です。「傘の下から象につながる鎖見る」（林田紀音夫）「紙雛ゴリラの檻に貼ってあり」（今井聖）「霾(つちふる)や象舎の長きゴムホース」（田中也寸登）などといろいろなものに目が行きます。「黒南風や無色無臭の象の檻」（戸恒東人）は匂い。

❿アトラクション

パレードのアヒルがうつるサングラス　三宅やよい

日曜日には各種アトラクションも盛んです。「あたたかや鼻巻き上る象の芸」（吉屋信子）。「象の仔の命名式や山笑ふ」（河田陽子）などといったイベントもあります。

⓫自分に引き寄せて

黒鞄重たし檻の鷲羽搏つ　　加藤楸邨

「大鷲の爪あげて貌かきむしる」（同）「大空をたゞ見てをりぬ檻の鷲」（高浜虚子）。檻の鷲に感情移入した句。「また春が来たことは来た鰐の顎」（池田澄子）。

植物園とか水族館へ行くというのもいいですが、植物園ではどうしても季語からの発想になり、取り合わせに苦労します。水族館はイルカショーなどがありますが、ほぼ屋内というのが難点。数をつくろうと思うとやはり動物園が一番です。

4 俳句十番勝負　発想力強化メニュー

好きな俳人の句を句集などから十句選んで、それぞれの句の発想の型をヒントに作句してみようというトレーニングです。

まずその句に魅かれたポイントはなにか。この句の狙いはどこにあるかなどを考えます。そしてそれをテーマにして句作していきます。

たとえば「土間に人畳の上に羽抜鶏」（岸本尚毅）という句。この句からは「座の決まり方」といったテーマで発想することにして「まああと言はれ上座や夏の月」などと詠む。そんな具合です。

ゲーム感覚で楽しみながらつくってみましょう。①同じ季語は使わない、②状況や情景が似通ったものは詠まない。これが十番勝負のルールです。

筆者も俳句を始めてしばらくたった頃によくトライしていました。ここでは当時の十番勝負の中からいくつか紹介してみます。テーマの立て方、発想の転じ方などの参考にしていただければと思います。

❶俳句十番勝負　中原道夫の巻

機知に富む、それでいて詩ごころが溢れる。そんな句に学びましょう。これらの中原道夫の句では、知的はからいを加えて諧謔味を出しつつ、その情景を鮮やかに再現。読者をほっこりとした気分にしてくれます。そのあたりの呼吸のようなものを身につけたいものです。

テーマ①ふいに現実に戻る

三伏の地獄めぐりの旗もたされ　道夫

盆踊り赤子をふいに渡さるる　こぼ

＊精霊を迎えて踊る盆踊りから、赤子の泣き声でふっと現実の世界に戻された瞬間です。

テーマ②意外な脇役

苗取の口へ飴玉入るる役　道夫

巫女のふと来て花嫁の汗拭ふ　こぼ

＊人の世にはいろんな役回りがあります。そんなひとコマ。

テーマ③舞台回しの小道具

のど飴の箱往き来せり蓮見舟　道夫

算盤で足りる会話や雛の市　こぼ

＊ドラマ運びにうってつけの小道具でなにかないかと考えて想を練ります。

テーマ④象徴的な動作

菜を一把兎にやりて卒業す　道夫

新蕎麦を打つて自祝の宴となす　こぼ

＊さりげないことでなにかないか考えて…。

テーマ⑤表情の意味を読む

湯ざめ顔にてこの世にもさめてをり　道夫

流し目で雷が怖いと言はれても　こぼ

＊こんな場面を経験したいものです。

テーマ⑥状況を読者に想像させる

初蝶に聲あげられぬ職にあり　道夫
雪をんな息を止めねば溶ける距離　こぼ

＊具体的なことは言わずにそれとなく分からせるには…。

テーマ⑦待ちきれないこと

厚揚げに生醬油月を待たずとも　道夫
猫におあづけをさせつつ冷し酒　こぼ

＊おあずけを喰らわされるシーンはいろいろありそうです。

テーマ⑧景色の見立て

屛風ならたためるものを春の耶馬　道夫
賽の目に切つた青空氷菓子　こぼ

＊道夫句は奇岩の連なる耶馬渓を屛風に見立てています。

テーマ⑨比喩の本家返り

借りて來し猫なり戀も付いて來し　道夫

日を違へあとの祭となりにけり　こぼ

＊常套句を本来の意味へ戻して、ダブルミーニングにした可笑しさ。

テーマ⑩なにかに狙われている気配

屛風絵の鷹が余白を窺へり　道夫

蟷螂に値踏みをされてをるやうな　こぼ

＊屛風絵の余白には一体なにがいるのでしょうか。

❷俳句十番勝負　正岡子規の巻

思い切りの良さが魅力です。あれこれ盛り込まずに、詠む対象を絞り込む。そんな男っぽい正岡子規の句には、シンプルで余情のある句づくりのヒントがいっぱいです。

テーマ①風に吹かれて

秋風や伊予へ流るる汐の音　子規

向ふ面張りて野分の過ぎゆけり　こぼ

＊風の行方を追う作者の視線なども意識してつくってみました。

テーマ②動きの観察

若鮎の二手になりて上りけり　子規

ため息にひとすぢ揺るる蚊遣かな　こぼ

＊川の情景から室内へと場面を変えて…。

テーマ③会話でシーンを描く

毎年よ彼岸の入りに寒いのは　子規
とりあへず謝つてをく扇かな　こぼ

＊台詞(せりふ)は使わないで会話を想像させるという方向で。

テーマ④目をはるかな山へ

赤蜻蛉筑波に雲もなかりけり　子規
汽車の旅右向け右の五月富士　こぼ

＊「右手に富士山が～」と車内放送があった瞬間です。

テーマ⑤透明感のある季節

六月を奇麗な風の吹くことよ　子規
まどろみの色はみづいろ秋はじめ　こぼ

＊季感のある色合いを考えてみて…。

テーマ⑥下五で軽くうっちゃり

春風にこぼれて赤し歯磨粉　子規

目のひかり失せしわが子や水中り　こぼ

＊上五中七で「おやっ、なんだろう」と思わせる工夫。

テーマ⑦ちょっとした自分の言動

いくたびも雪の深さを尋ねけり　子規

手を少し伸ばせば取れる蝿叩　こぼ

＊「さてどうしようか」という戸惑いです。

テーマ⑧時間の経緯

ある僧の月を待たずに帰りけり　子規
退屈と顔に描いては飲むビール　こぼ
＊僧は席も温まらないうちに帰りましたが、こちらは長っ尻。

テーマ⑨街角のスケッチ

春雨や傘さして見る絵草子屋　子規
秋霖やガードの下の昼灯し　こぼ
＊春から秋へ、街から街はずれへと景を転じました。

テーマ⑩諦観のまなざし

五月雨や上野の山も見あきたり　子規
秋しぐれ目をこらし見るものもなし　こぼ

＊投げやりなまなざしということで思いつく情景を探してみました。

❸俳句十番勝負　阿波野青畝の巻

省略の効いた切れ味のよさが阿波野青畝の魅力の一つ。そのほか人が気のつかない意外な発見のある句も注目されます。そのあたりのコツを掴みたいところです。

テーマ①なにかが一気に

緋連雀一斉に立つてもれもなし　青畝

いつせいに上がる幟や夏祭　こぼ

＊一斉にという勢いのあるものを探してみると…。

テーマ②妙なモノが内側に

かげぼふしこもりゐるなりうすら繭　青畝

短夜やめばちこといふ異星人　こぼ

＊「めばちこ」は「ものもらい」のこと。関西で使われる言葉です。

テーマ③ふいに降ってきたもの

露の虫大いなるものをまりにけり　青畝

青天の霹靂といふ揚雲雀　こぼ

＊虫の糞も揚雲雀も落ちてきます。

テーマ④視点を変えて眺めれば

端居して濁世なかなかおもしろや　青畝

悪党と思ひし人の昼寝かな　こぼ

＊つくづく見ると善人に見えてきます。

テーマ⑤著名人になにかをさせてみる

ルノアルの女に毛糸編ませたし　青畝

信長にさせたきものに盆踊　こぼ

＊このテーマはほかにもいろいろ詠めそうです。

テーマ⑥急激に落とす

牡丹百二百三百門一つ　青畝

旱天に当つて落ちる竹とんぼ　こぼ

＊三百から一へ。空へカチンと当たって地面へ。

テーマ⑦おっと思う発見

手のひらをかへせばすすむ踊かな　青畝

仰山なこと言うて出す汗拭ひ　こぼ

＊ハンカチが出てきてもまあ大した発見ではありませんが…。

テーマ⑧一国を詠む

金盞花淡路一国晴れにけり　青畝
一國の栄枯盛衰蝌蚪生まる　こぼ

＊「蝌蚪の国」はよく詠まれますが、ご勘弁いただくとして。

テーマ⑨季語で遊ぶ

浮いてこい浮いてお尻を向けにけり　青畝
浮いてこぬわけにはゆかぬ浮いてこい　こぼ

＊季語が同じになってしまいましたが、まあ良しとします。

テーマ⑩ある現象に理由をつける

土不踏なければ雛倒れけり　青畝
選り好みして雷の落ちた先　こぼ

＊ある事象に関して意外な理由をつけてしまう。これも俳句です。

以上のように、俳句の達人相手ですから、もちろん勝負にならないわけですが、発想の型の習得のほか「自分はどういった句を詠みたいのか」を確かめるトレーニングにもなります。好きな俳人の句を選んで、ぜひ十番勝負をなさってみてください。俳人を決めてしまわずに、俳句のアンソロジーや俳句雑誌から好きな句を十句選んで十番勝負してもいいでしょう。

5 記念日で毎日一句　連想力強化メニュー

年間にいくつもある記念日のほか、小説家・スポーツ選手・映画俳優・芸能人などの著名人の忌日、その日にあった過去の事件や出来事。これらの中から連想が広がるものを選んで、それをテーマに毎日一句つくるというものです。

ゲームにはそれぞれルールがあります。ルールなしでは遊びも面白くないし、長続きしません。ということで「記念日俳句」もつくり方にいくつかルールを定めます。

1　記念日の説明をしない
2　発想を転じること
3　自分に引き込んで詠む
4　前書(まえがき)（記念日）なしで読んでも俳句として成立すること
5　一日一句つくること

この原稿を書いているのは五月四日ですが、この日は「名刺の日」「ラムネの日」「植物園の日」「エメラルドの日」。そして寺山修司の忌日。堀江謙一さんが単独無寄港世界一周を終えて帰港した日でもあります（１９７４年）。こうした記念日をお題に、短いエッセイを書くつもりであれこれ想を練ってみましょう。

それでは順を追って記念日俳句のつくり方のポイントを見ていきます。

●一月／発想を転じる

記念日を発想のとっかかりとして俳句をつくる。そんな俳句づくりのトレーニングです。ここで大切なのが発想を転じることと自分の身に引き寄せて詠むこと。記念日の謂（いわ）れや忌日の人物にあまりこだわっていては単なる説明の句に終わってしまいます。

▼一月一日　テレビアニメ「鉄腕アトム」始まる（1963年）

年新た無敵の空がありにけり　　こぼ（以下同）

言うまでもなく手塚治虫の代表作のひとつ。鉄腕アトムといえば「僕は無敵だ　鉄腕アトム〜♪」という主題歌を思い出します（ただしこれは実写版の主題歌）。そんなアトムに雲ひとつない、晴れ上がった元旦の空を飛ばせてみました。

▼一月六日　ケーキの日

ああ見えて甘党といふ冬帽子

ケーキ↓甘党ということで想を練ることにします。そういえば高倉健さんは甘党でした。撮影の合間によく好物のナッツ入りチョコレートを召し上がっていたそうです。あの健さんが甘党というのは意外でした。ということで、冬の海をじっと眺める、革ジャンにハンチング帽の健さんを詠んでみました。

▼一月十九日　学校給食に米飯が許可される（1970年）

コッペパン脱脂粉乳水っ洟

学校給食に米飯が許可された日。ということで小学生の頃の給食風景を思い起こしてみます。当時はまだ米飯ではなくコッペパンでした。あのアルマイトの器で出てきた脱脂粉乳のまずかったこと。栄養不足で洟を垂らした子が目についた時代でした。

●二月／余白を生かす

「省略が大事」「足し算ではなくて引き算を」といったことが俳句ではよく言われます。これはとりもなおさず「余白を生かす」ということでしょう。「すべて言ってしまわないこと」「説明しないこと」というのも俳句づくりのポイントの一つとされています。

▼二月九日　藤田元司の忌日（2006年没）

ふらここを漕いで悲運のエースなり

ふらここ＝ブランコ

巨人に入団した一九五七年には十七勝をあげて新人王。その後も二十九勝、二十七勝をあげてチームのリーグ優勝に貢献します。ただ日本シリーズでは好投が報われず、日本一の栄冠をなかなかつかめませんでした。悲運のエースという呼び名がついた所以です。

▼二月十九日　天地の日（コペルニクスの誕生日）

自転する地球の軋み虫出づる

コペルニクスの地動説から軋みへ。そして啓蟄と取り合わせました。「地球の軋み」に関してどんな思いを重ねるかは読者におまかせというつくり方です。言い過ぎるとシラケます。

▼二月二十二日　アンディ・ウォーホルの忌日（1987年没）

アメリカンコミック丸め春蚊打つ

ウォーホルの若い頃の作品にはスーパーマンなどのアメリカンコミックをモティーフにしているものがあります。アメリカンコミックをキーワードに、どんな人物のどういう場面なのかは読み手にあれこれ想像してもらおうという狙いです。

●三月／季語を働かせる

句会などでは季語が兼題として出されますが、これだとどうしても季語からの発想になり、類想ゾーンでうろうろしてしまいがち。一方、記念日俳句では別のスタート地点から発想していきますから、そこへどんな季語を盛り込むかが勝負となります。

ウォーミングアップ編の「2季語の生かし方」などを参照しながら、俳句の組み立て方を考えましょう。

▼三月四日　バウムクーヘンの日

バウムクーヘンに輪いくつ目借時

「蛙の目借時」は晩春の眠くてしょうがない頃のこと。バウムクーヘンの輪をながめているうちにふっと睡魔がやってきました。そんな春の昼下がりの気分を季語に託しました。

▼三月二十一日　横山エンタツの忌日（1971年没）

漫才はボケとツッコミ花見船

花菱アチャコとのコンビで一世を風靡した漫才師。しゃべくり漫才の基本はボケとツッコミですが、彼らがその嚆矢（こうし）だと言えます。偶然花見船に乗り合わせた者同士でも、一方がボケれば相手は突っ込む。これは大阪人ならもうお約束です。季語で場を定める。この場合は花見船です。大阪の大川を行く花見船。これで情景が決まりました。

▼三月三十一日　オーケストラの日

オーケストラボックス万の蝶生まれ

オペラが始まる前の序曲がオーケストラボックスから聞こえてきます。優雅なメロディのものや軽快なリズムの曲などが次々と…。そんなシーンを思い描いて、オーケストラボックスから湧き上がってくる音符たちを舞い上がる蝶に喩えてみました。

●四月／ドラマをつくる

ときには、なにかドラマを感じさせる句も詠んでみたいものです。もちろん十七文字しかない俳句でドラマを描き切ることはできません。俳句ができるのは、一瞬のシーンを切り取って提示することだけ。そのシーンの前後のドラマは読み手に想像してもらいます。

▼四月十四日　SOSの日（タイタニック号の日）

目配せで呼ばれたる席桜餅

ちょっと苦手な来客のいる席へ目配せで呼ばれてしまったという句。見合いの話でも始まるのでしょうか。それとも借金の依頼で来た客なのでしょうか。俳句では一場面を描くだけ。あとは読者が自分の経験や記憶の中からドラマを描いてくれます。

▼四月二十一日　ダニエル・デフォーの忌日（１７３１年没）

鳥雲に入る船乗りになりたき日

ロビンソン・クルーソーの少年時代を思ってつくりました。この句の少年はその後どういう人生を送ったのか。船乗りになれたのか。導入部や伏線となるようなシーンを描いてあとの展開を想像させる。そんなつくり方です。

▼四月三十日　アドルフ・ヒトラーの忌日（１９４５年没）

蠅生るアドルフといふ名なりけり

のどかな春に人知れず生まれた蠅にヒトラーのイメージを重ねました。戦争の足音が迫っている緊迫した社会情勢の中で、父母の世代は少年少女時代を過ごしました。

自分の孫の世代がそんなことにならないように願いたいと思います。

●五月／ズバリ言い切る

もって回った表現や思わせぶりな言い回しをすると、結局のところひとりよがりな句になってしまいがち。きっぱりと言い切ってあとは読者に委ねる。そんな潔さが俳句には必要です。はっと感じた瞬間を切り取ってズバリと詠む。そんな俳句を目指しましょう。

▼五月三日　ゴミの日

地球といふ宇宙の塵の暮春かな

宇宙塵とは宇宙空間に存在する微粒子で、これが大規模に集まると星雲となります。しかし広大な宇宙から見れば、地球も塵のようなもの。その地球に住むわれわれ人間が日々途方もない量のゴミを生み続けています。宇宙から見れば地球は塵だと言い切りました。

▼五月十五日　アメリカでマクドナルド一号店がオープン（1940年）

青春を頰張つてゐる雲の峰

ハンバーガーを青春に置き換えました。句を読んだだけでは握り飯なのか焼肉なのか分かりませんが、若者の旺盛な食欲は伝わります。まわりくどく説明しようとせず、感じたままに大胆に断定することが詩を生むポイントです。

▼五月二十一日　山口百恵デビュー（1973年）

咲いてみて驚いてゐる芥子の花

まだ中学生だった彼女に芸能界の風景はどんなふうに映ったのでしょうか。そんな山口百恵からの連想です。喩えにせずに「驚いてゐる」と決めつけました。

●六月／人物像を描く

その人物の人となりが伝わってくるような動作やシーン、その人物のふとした表情の変化などを切り取ります。読み手に「そうそう、こんな人いるいる」「そういえば自分もこんなふうな仕草をすることがあるなあ」などと共感してもらうことが大切です。

▼六月二日　路地の日

なんとまあ西日の似合ふ路地だこと

暑さに閉口しながら帰宅する際とかに思わず口をついて出た、自嘲のようなつぶやきを一句にしました。気怠いような表情の和装のご婦人です。台詞(せりふ)で人物像を鮮やかに描いた句には「どかと解く夏帯に句を書けとこそ」（高浜虚子）などがあります。

▼六月十九日　ジェームス・マシュー・バリーの忌日（1937年没）

蟇主役を食つてしまひけり

イギリスの劇作家、童話作家。著書の「ピーターパン」は、もちろんピーターパンが主役の物語ですが、映画でもアニメでも宿敵フック船長の方が目立ちます。鉤状の義手や特徴的な黒髭というキャラクターには、さすがのピーターパンも敵いません。

▼六月二十九日　ザ・ビートルズが初来日（1966年）

なになにつけ少し距離置く扇かな

団塊の世代はビートルズ世代といわれることがありますが、当時はまだまだプレスリーやチャック・ベリーも健在。ビートルズが登場してもそんなにインパクトは感じませんでした。どちらかというとプレスリー世代と呼ばれたいです。自画像のような句。

●七月／ひと味加える

味つけといっても、やはり出汁（だし）のしっかりきいたうす味が基本です。俳句は十七文字。シンプルに詠みつつもワンポイント味わいを加える。そんな要領でやってみましょう。

▼七月二日　アーネスト・ヘミングウェイの忌日（1961年没）

男気を試されてゐる羽抜鶏

ヘミングウェイといえば男気。この句では、それとは逆のイメージの羽抜鶏を詠んでみました。羽が抜けて情けない状態だとはいえ、気位の高さは変わりません。どこか間の抜けたキャラクターを登場させた、おとぼけの味です。

▼七月八日　質屋の日

夏の灯のともり路地裏らしくなる

谷崎潤一郎の「陰翳礼讃」ではありませんが、暗がりの中の淡い灯火や暮れゆく空に残るひかりなどに日本人は情緒を感じます。「夏の灯」の句は暗から明へ。その切り替わった瞬間を詠んでいます。ふっと夜涼を感じる。そんなあと味のよさがあります。

▼七月二十一日　高橋義孝の忌日（1995年没）

白地着て文句も言はず屁もひらず

ドイツ文学者で、評論家、「私の人生頑固作法」など随筆も多数。根っからの江戸っ子でシャツは生涯、白で通したそうです。そんな高橋義孝を思い浮かべながら、俗な言葉で句にインパクトを持たせました。季語（白地）で少し味を調えています。

●八月／忌日で詠む

この項の冒頭でも書いたように、記念日俳句づくりのルール4は「前書なしで読んでも俳句として成立すること」です。また忌日で詠むといっても、弔句を詠むというのではありません。その人物の作品や生涯に関して感じる思いや感慨から句想を練りましょう。

▼八月五日　マリリン・モンローの忌日（1962年没）

ノーマ・ジーン哀しき桃が一顆ある

モンローの本名はノーマ・ジーン。ゴシップまみれとなった時期もありました。そんなモンローが本名のノーマ・ジーンに戻った、素顔になってのひとときを詠んでみました。華々しい銀幕の世界とは裏腹に実際には淋しい人生でした。

▼八月十日　井原西鶴の忌日（１６９３年没）

あけくれの胸算用も秋の風

一日で二万三千五百句を詠むという矢数(やかず)俳諧で世間を驚かせたり、「好色一代男」などの好色物、「世間胸算用」などの町人物の浮世草子が評判を呼んだりしましたが、その人生は思うようにいかないことの連続だったようです。

▼八月二十九日　イングリッド・バーグマンの忌日（１９８２年没）

ひややかに鼻筋とほるソナタかな

「永遠のクールビューティ」と呼ばれたバーグマンの忌日です。その呼び名の通り、知性的で完璧といえる美貌を持った大女優です。代表作はハンフリー・ボガートと共演した「カサブランカ」。イングマール・ベルイマン監督「秋のソナタ」が遺作となりました。

●九月／広がりを出す

大きな景や空間の広がりを感じさせる句は、読後に爽快感があります。ではそんな句をどう詠むか。大景を詠もうとすると句に中心がなくなり、散漫な句になりがち。読み手をゆったりとした景の中に身を置くような気分にさせるには、いくつかのコツがあるようです。

▼九月五日　石炭の日

D51に旅愁たなびく刈田かな

移動することで景色に広がりを持たせます。九月十二日「宇宙の日」には「いつ食へばいいか宇宙船の夜食」と詠んでみました。こちらは宇宙船の窓から地球を眺めながらの夜食です。体内時計もおかしくなってきました。

▼九月十三日　棟方志功の忌日（1975年没）

心奥に佞武多(ねぶた)の夜空ありにけり

棟方志功は故郷である青森県弘前市の佞武多の絵を手掛けたことがあります。荒々しい力強いタッチが印象的です。果てしない夜空の下、勇壮な佞武多の灯がこころの闇の底にともりました。広がりのある象徴的なイメージです。

▼九月二十八日　エリア・カザンの忌日（2003年没）

カチンコの鳴りたるあとの夕月夜

ご存じ「エデンの東」などで有名な映画監督です。この句はカチンコが鳴って撮影がスタートしたところ。どんなロケ現場かは読み手が想像します。夕月夜ということで秋の澄み渡った黄昏の景が広がります。その静寂の中へカチンコの澄んだ音が響きます。

●十月／演出家になる

俳句で人間ドラマを描く。状況や出来事をそのまま詠んでも、それは単なる報告です。読み手の印象に残るように、そのシーンをどう演出するかが大事になってきます。その場面が読者の中でいきいきと動き出すように詠む。これで俳句に奥行きが生まれます。

▼十月九日　チェ・ゲバラの忌日（1967年没）

虫売の傍らにゲバラの日記

元全共闘だった男が縁日で虫売りをしているといったシーンを思い浮かべました。いまだに捨てられずにいる「ゲバラの日記」が傍らに置いてあります。こうした小道具でその人物像を想像させるというのは俳句でも有効な演出法です。

▼十月十三日／太地喜和子の忌日（1992年没）

長き夜のいいをんなとは飲みつぷり

演出も大事ですが、その前のキャスティングにも工夫が要ります。その人物が登場するだけで絵になる。そんな役者を起用するという方法です。太地喜和子はテレビや映画でも活躍した舞台女優。酒豪で知られています。享年四十八歳。自動車事故で亡くなりました。

▼十月十六日／ボスの日

猿山の頂きにゐて秋の風

猿山の頂であたりを見回しているボス猿です。登場人物の心境などを印象づける情景（この句では秋風）を用意して、そこへその人物（ボス猿）をぽんと置く。そんなつくり方です。ロングショットの映像でも、主人公の表情が頭に浮かんできます。

●十一月／オチをつける

落語はオチ（サゲ）が決まらないと締りがつきません。しかも言葉少なく、さらっと演じる。そして自分で笑ってしまってはいけない。大真面目でいること。これが肝心だといわれます。このあたりは俳句で笑いを誘うコツと相通ずるところがありそうです。

▼十一月十四日／アンチエイジングの日

またひとつ老斑ふやす日向ぼこ

また今日も日向ぼこ。老斑を一つ増やしただけで日が暮れました。自嘲のような句。落語でよく出てくる与太郎の失敗談のような笑いです。「天高し馬鹿と煙と昇降機」（十一月十三日／浅草の凌雲閣が開場）もなんともバカバカしくておかしい「間抜けオチ」。

▼十一月十七日／将棋の日

王手飛車取りをぴしりと玉子酒

物事や立場が入れ替わってしまうという「逆さオチ」です。「今日はどうも風邪気味で調子が悪くて」などと言っていた男が、いきなりの王手飛車取り。イメージが逆転するおかしさです。「諸肌を脱いだ男の大嚔（くさめ）」（十一月八日／いいお肌の日）も同じ。

▼十一月二十七日／ノーベル賞制定記念日

懐手して世に遺すものもなし

ノーベル賞授賞式をテレビで眺めながらの情けないようなつぶやきです。懐手をして、恰好をつけてうそぶいている姿がなんだか笑えます。これは「仕草オチ」と呼ばれるもの。言葉でなく仕草がオチになっています。

●十二月／映像を詠む

鮮明に絵が浮かぶ句は記憶に残ります。そこからさらに一歩進めて「その絵を動かす」ことにチャレンジです。映画のカメラマンになったつもりで映像を一句にしましょう。

▼十二月十八日　東京駅完成記念日（１９１４年）

毛糸編む駅の喧騒眺めつつ

一つの場面から違う場面へとカメラを切り替えます。この句では手元の編み棒からプラットホームの喧騒へ画面が変わりました。いわゆるカットバックというもの。二つのショットを交互に切り替えるという編集技法です。

▼十二月二十四日　ヴァスコ・ダ・ガマの忌日（1524年没）

舵切つて冬の銀河を傾げたる

帆船を大きく傾がせて航路を変更したところ。静から動へ。動きの変化を詠みます。この忌日ではほかに「帆船に国旗はためくクリスマス」とも詠みました。こちらは国旗のはためきで動きを感じさせました。

▼十二月三十一日　マンハッタン橋が完成（1909年）

行く年のマンハッタン橋灯りけり

じっと佇（たたず）んで暮れなずむマンハッタン橋を眺めているところ。時間の流れを詠み込むことで句に奥行きが生まれました。「ゆっくりと話すゆっくりと日脚伸ぶ」（十二月十七日／岸田今日子の忌日）は長回し。カメラを回し続けることで映像の臨場感が高まります。

記念日俳句づくりの勘どころについて拙句を例に解説してみました。もちろん月ごとにテーマを決める必要はありません。ご紹介した切り口を参考にして、気軽に巻末の記念日カレンダーで一日一句トレーニングにトライしてみてください。

記念日カレンダー

一月

一日　鉄腕アトムの日／少年法施行の日　忌日●荻野久作　出来事●尺貫法が廃止に（1959年）／「大化の改新の詔」が発布（646年）
二日　初夢の日　忌日●野間宏／檀一雄　出来事●大奥が男子禁制に（1618年）／ソ連が世界初の月ロケット「ルナ1号」を打ち上げ（1959年）
三日　くるみパンの日／瞳の日　忌日●源義朝／やしきたかじん　出来事●戊辰戦争開戦（1868年）／NHKラジオで第一回紅白歌合戦を放送（1951年）
四日　石の日　忌日●アルベール・カミュ／T・S・エリオット
五日　囲碁の日／紬の日／シンデレラの日／ホームセキュリティの日　忌日●チャールズ・ミンガス／福地泡介
六日　ケーキの日／色の日　忌日●式亭三馬／良寛／ディジー・ガレスピー　出来事●ハワイ出身の高見山が入幕（1968年）
七日　爪切りの日　忌日●夕霧／榎本健一／岡本太郎　出来事●ラジオ放送で「赤胴鈴之助」がスタート（1957年）
八日　勝負ごとの日／イヤホンの日　忌日●マルコ・ポーロ／高山右近／ガリレオ・ガリレイ
九日　風邪の日／クレープの日／とんちの日　忌日●宇野重吉　出来事●マラソンの円谷幸吉選手が自殺（1968年）
十日　110番の日／コッペパンの日／かんぴょうの日　忌日●大隈重信／織田作之助／ココ・シャネル　出来事●グリコ・森永事件で「キツネ目の男」の似顔絵を公開（1985年）
十一日　樽酒の日／塩の日　忌日●アルベルト・ジャコメッティ　出来事●聖徳太子の肖像の新百円札が発行される（1930年）

十二日　スキー記念日／育児の日　忌日●アガサ・クリスティ／深作欣二　出来事●絵島生島事件（1714年）／大相撲実況ラジオ放送始まる（1928年）

十三日　咸臨丸出航記念日　忌日●源頼朝／ワイアット・ワープ／ジェイムス・ジョイス　出来事●高級たばこ「ピース」発売（1946年）

十四日　タロ・ジロの日　忌日●ドミニク・アングル／ルイス・キャロル／ハンフリー・ボガート　出来事●モンローが大リーガーと結婚（1954年）

十五日　手洗いの日／半襟の日　忌日●大島渚　出来事●ウィキペディアの英語版が運用開始（2001年）

十六日　囲炉裏の日／禁酒の日　忌日●仁徳天皇／トスカニーニ／梅原龍三郎　出来事●「ドン・キホーテ」全巻刊行（1605年）

十七日　おむすびの日／いなりの日　忌日●ルイス・C・ティファニー／浅川マキ　出来事●湾岸戦争開戦（1991年）／阪神・淡路大震災（1995年）

十八日　118番の日／都バスの日／防犯の日　忌日●キップリング　出来事●明暦の大火〈振袖火事の日〉（1657年）

十九日　空気清浄機の日／のど自慢の日　忌日●荻生徂徠／牧羊子／大鵬幸喜　出来事●学校給食に米飯が許可される（1970年）／東京ローズが特赦に（1977年）

二十日　甘酒の日／玉の輿の日　忌日●ジャン＝フランソワ・ミレー／オードリー・ヘップバーン　出来事●ジョン・F・ケネディ大統領就任（1961年）

二十一日　料理番組の日　忌日●勝海舟／ウラジミール・レーニン／ジョージ・オーウェル／土方巽　出来事●薩長同盟が成立（1866年）

二十二日　カレーライスの日／禁煙の日／飛行船の日／ジャズの日　忌日●河竹黙阿弥／安部公房　出来事●ボーイング747が初就航（1970年）

二十三日　電子メールの日／ワンツースリーの日　忌日●エドヴァルド・ムンク／サルバドール・ダリ　出来事●八甲田山で死の雪中行軍（1902年）／寺田屋事件（1866年）

二十四日　ボーイスカウト創立記念日／郵便制度施行記念日　忌日●モディリアーニ／ウィンストン・チャーチル　出来事●アップルコンピュータがMacを発売（1984年）

二十五日　中華まんの日／ホットケーキの日／左遷の

日　忌日●アル・カポネ／円谷英二／三木のり平　出来事●江戸幕府が江戸市中の男女混浴を禁止（１９７１年）

二十六日　パーキングメーターの日／コラーゲンの日／文化財防火デー　忌日●藤沢周平／安岡章太郎　出来事●帝銀事件（１９４８年）

二十七日　国旗制定記念日　忌日●源実朝／野口雨情／J・D・サリンジャー　出来事●アメリカで「ターザン」公開（１９１８年）

二十八日　衣類乾燥機の日／コピーライターの日／逸話の日　忌日●ドストエフスキー　出来事●モーニング娘。がメジャーデビュー（１９９８年）

二十九日　昭和基地開設記念日／タウン情報の日　忌日●アレクサンドル・プーシキン／アルフレッド・シスレー　出来事●アメリカ野球殿堂開設（１９３６年）

三十日　三分間電話の日／女性医師の日　忌日●フェルディナント・ポルシェ／シドニィ・シェルダン　出来事●マハトマ・ガンジー暗殺さる（１９４８年）

三十一日　愛妻家の日／生命保険の日　忌日●ジャイアント馬場　出来事●江川卓が電撃トレードで巨人へ（１９７９年）

二月

一日　ニオイの日　忌日●大久保彦左衛門／ピエト・モンドリアン　出来事●共産党の機関紙「赤旗」創刊（１９２８年）

二日　麩の日／バスガールの日／交番設置記念日／おんぶの日／おじいさんの日／頭痛の日　忌日●ジーン・ケリー　出来事●元日本兵・横井庄一さんが帰国（１９７２年）

三日　乳酸菌の日／大豆の日　忌日●本阿弥光悦／福沢諭吉　出来事●大岡越前が南町奉行に就任（１７１７年）

四日　銀閣寺の日　忌日●平清盛／大石内蔵助　出来事●ジョージ・ワシントンが初代大統領に（１７８９年）

五日　笑顔の日／ふたごの日／プロ野球の日　忌日●三蔵法師　出来事●アメリカでチャップリンの「モダン・タイムス」公開（１９３６年）

六日　海苔の日／抹茶の日　忌日●小堀遠州／千姫／グスタフ・クリムト　出来事●週刊新潮が創刊（１９

56年）
七日　北方領土の日／フナの日　忌日●平敦盛　出来事●明治政府が「仇討ち禁止令」を布告（1873年）
八日　ロカビリーの日　忌日●渋沢孝輔／立松和平　出来事●「メンデルの法則」発表（1865年）
九日　漫画の日／風の日／肉の日／服の日　忌日●藤田元司　出来事●セーラー万年筆が国産ボールペン発売（1948年）／NTT株が初上場（1987年）
十日　封筒の日／通天閣の日／観劇の日／ふきのとうの日／左利きの日／ニットの日　忌日●ヴィルヘルム・レントゲン／アーサー・ミラー　出来事●日本がロシアに宣戦布告（1904年）
十一日　仁丹の日／万歳三唱の日　忌日●ルネ・デカルト／志村喬／ホイットニー・ヒューストン　出来事●高田馬場の決闘（1694年）／グリコキャラメル発売（1921年）
十二日　レトルトカレーの日／ブラジャーの日／ボブスレーの日　忌日●司馬遼太郎　出来事●世界で初めてペニシリンの臨床実験に成功（1941年）
十三日　銀行強盗の日／苗字制定記念日　忌日●ワーグナー／ジョルジュ・ルオー／植村直己／市川崑　出来事●グリコ・森永事件の時効が成立（2000年）
十四日　ふんどしの日／煮干しの日／バレンタインデー／予防接種記念日　忌日●平将門／ディック・フランシス　出来事●聖バレンタインデーの虐殺（1929年）
十五日　お菓子の日　忌日●釈迦／ナット・キング・コール／カール・リヒター　出来事●東京の日劇が閉館（1981年）／「YouTube」設立（2005年）
十六日　天気図記念日／寒天の日　忌日●西行　出来事●フィデル・カストロがキューバ首相に（1959年）
十七日　いなりの日／切干大根の日／電子書籍の日　忌日●モリエール／ハイネ／坂口安吾／セロニアス・モンク／藤田まこと　出来事●ツタンカーメン王のミイラ発見（1925年）
十八日　嫌煙運動の日／エアメールの日　忌日●岡本かの子／バルテュス　出来事●ザ・ピーナッツが引退を表明（1975年）／第一回東京マラソン開催（2007年）
十九日　プロレスの日／天地の日　忌日●アンドレ・

ジッド／岡本喜八 出来事●大塩平八郎の乱（1837年）／連合赤軍の浅間山荘事件（1972年）
二十日 歌舞伎の日／旅券の日／アレルギーの日 忌日●小林多喜二／武満徹 出来事●日本初のクイズ番組「ジェスチャー」が放送開始（1953年）
二十一日 日刊新聞創刊の日 忌日●ニコライ・ゴーゴリ 出来事●「共産党宣言」が出版（1848年）／マルコムXが暗殺される（1965年）
二十二日 食器洗い乾燥機の日／猫の日／ヘッドホンの日／忍者の日 忌日●カミーユ・コロー／アンディ・ウォーホル 出来事●タイム紙に世界初の尋ね人欄が登場（1886年）
二十三日 ふろしきの日／税理士記念日／富士山の日 忌日●ヨハネス・グーテンベルク／ハンス・ベルメール 出来事●アラモ砦の戦いが始まる（1836年）
二十四日 鉄道ストの日 忌日●直木三十五／神代辰巳／前畑秀子 出来事●テレビで「月光仮面」スタート（1958年）
二十五日 夕刊紙の日 忌日●菅原道真／齋藤茂吉／テネシー・ウィリアムズ 出来事●「未知との遭遇」が日本で公開（1978年）
二十六日 血液銀行開業記念日／パナマ運河開通記念日 忌日●間宮林蔵／横山大観 出来事●二・二六事件（1936年）
二十七日 新選組の日／女性雑誌の日 忌日●イワン・パブロフ／天知茂 出来事●豊臣秀吉が吉野の花見を開催（1594年）
二十八日 バカヤローの日／エッセイ記念日／ビスケットの日 忌日●ルイ・ヴィトン／坪内逍遥 出来事●千利休が豊臣秀吉の命により自刃（1951年）
二十九日 ニンニクの日／富士急の日 出来事●東京スカイツリーが竣工（2012年）

三月

一日 マヨネーズの日／豚の日／切抜の日／マーチの日 忌日●岡本綺堂／岡潔／小林秀雄／アラン・レネ 出来事●ビキニ環礁で水爆実験（1954年）
二日 出会いの日／遠山の金さんの日 忌日●D・H・ローレンス／青木雨彦 出来事●野球用語が全面日本語に（1943年）
三日 耳の日／ジグソー・パズルの日／結納の日 忌

日●井伊直弼／ダニー・ケイ／マルグリット・デュラス

四日　ミシンの日／バウムクーヘンの日／差し入れの日／三姉妹の日　忌日●アントナン・アルトー　出来事●「日米渡り鳥保護条約」調印（１９７２年）

五日　珊瑚の日／スチュワーデスの日　忌日●歌川国芳／岸田國士／ジョン・ベルーシ　出来事●「窓ぎわのトットちゃん」発刊（１９８１年）

六日　弟の日／スポーツ新聞の日／世界一周記念日　忌日●デヴィー・クロケット／菊池寛　出来事●日本初の女性週刊誌「週刊女性」創刊（１９５７年）

七日　サウナの日／花粉症記念日／消防記念日　忌日●スタンリー・キューブリック／黒岩重吾　出来事●山口百恵が引退発表（１９８０年）

八日　みやげの日／国際女性の日／散髪の日／ミツバチの日／エスカレーターの日　忌日●ベルリオーズ／忠犬ハチ公　出来事●ミシュランガイドブック創刊（１９００年）

九日　記念切手記念日／雑穀の日／感謝の日／レコード針の日　忌日●ロバート・メイプルソープ　出来事●アメリカでバービー人形発売（１９５９年）

十日　砂糖の日／ミントの日／サボテンの日／佐渡の日　忌日●金子みすゞ　出来事●ベルが電話の実験に成功（１８７６年）／東京大空襲（１９４５年）

十一日　パンダ発見の日　忌日●神武天皇／夢野久作　出来事●日本庭球協会設立（１９２２年）／東日本大震災（２０１１年）

十二日　財布の日／半ドンの日／スイーツの日　忌日●孫文／チャーリー・パーカー　出来事●瓶詰コカ・コーラが初めて発売（１８９４年）／小野田少尉がルバング島から帰還（１９７４年）

十三日　新撰組の日／サンドイッチデー／青函トンネル開業記念日　忌日●上杉謙信　出来事●日本初のプラネタリウム設置（１９３７年）

十四日　国際結婚の日／円周率の日／キャンデーの日／マシュマロの日　忌日●カール・マルクス／ルネ・クレール　出来事●富士山が大噴火（８００年）／ケンタッキー・フライド・チキン日本上陸（１９７０年）

十五日　オリーブの日／靴の記念日　出来事●大阪万博の一般入場が開始（１９７０年）

十六日　ミドルの日／万国赤十字加盟記念日　忌日●

ラ・ロシュフコー／ムソルグスキー／オーブリー・ビアズリー／吉本隆明

十七日　漫画週刊誌の日　忌日●ルネ・クレマン　出来事●アサヒビールが「スーパードライ」発売（1987年）／「東京ドーム」が落成（1988年）

十八日　精霊の日　忌日●柿本人麻呂／小野小町／鴨居羊子　出来事●伊藤みどりが日本人として初めてフィギュアスケート選手権で優勝（1989年）

十九日　ミュージックの日／アカデミー賞設立記念日／カメラ発明記念日　忌日●四世井上八千代／桂米朝　出来事●東京駅が新築落成（1914年）

二十日　日やけ止めの日／電卓の日／LPレコードの日　忌日●アイザック・ニュートン／速水御舟　出来事●地下鉄サリン事件（1995年）

二十一日　ランドセルの日／催眠術の日　忌日●空海／和泉式部／横山エンタツ／　出来事●日本初のカラー劇映画「カルメン故郷に帰る」が封切（1951年）

二十二日　放送記念日／地球と水を考える日　忌日●ゲーテ／城山三郎　出来事●グラバーが長崎にグラバー商会を設立（1861年）

二十三日　世界気象デー　忌日●スタンダール／ラウル・デュフィ／エリザベス・テイラー　出来事●クノッソス宮殿遺蹟の発掘開始（1900年）

二十四日　マネキン記念日／恩師の日　忌日●リチャード・ウィドマーク　出来事●壇ノ浦の合戦（1185年）

二十五日　電気記念日　忌日●ドビュッシー／三代目広沢虎造／大森実　出来事●アメリカで「類猿人ターザン」が封切（1932年）

二十六日　カチューシャの歌の日　忌日●ベートーベン／サラ・ベルナール／レイモンド・チャンドラー／室生犀星

二十七日　さくらの日／世界演劇の日　忌日●ガガーリン／マウリッツ・エッシャー／ビリー・ワイルダー／植木等　出来事●松尾芭蕉が「おくのほそ道」の旅に出発（1689年）

二十八日　シルクロードの日／三つ葉の日　忌日●ヴァージニア・ウルフ／ラフマニノフ／マルク・シャガール　出来事●スリーマイル島原発事故（1979年）

二十九日　八百屋お七の日／作業服の日／マリモの日　忌日●ジョルジュ・スーラ／立原道造　出来事●明治

政府が「入墨禁止令」発布(1872年)
三十日　マフィアの日　忌日●笠置シヅ子/ジェームス・キャグニー/佐藤忠良　出来事●アニメ「巨人の星」のテレビ放映が開始(1968年)
三十一日　オーケストラの日/体内時計の日/エッフェル塔の日　忌日●アンネ・フランク　出来事●よど号ハイジャック事件(1970年)/ピンク・レディーが解散コンサート(1981年)

四月

一日　エイプリルフール/トレーニングの日　忌日●マックス・エルンスト　出来事●アップルコンピュータ設立(1976年)
二日　こどもの本の日/週刊誌の日/図書館開設記念日　忌日●サミュエル・モールス/ヘルマン・ロールシャッハ/高村光太郎　出来事●「ドラえもん」放送開始(1979年)
三日　シミ対策の日/いんげん豆の日/シーサーの日/みずの日　忌日●ブラームス/エラリー・クイーン　出来事●聖徳太子が憲法十七条を制定(604年)
四日　あんぱんの日/どらやきの日/ヨーヨーの日/ピアノ調律の日　忌日●キング牧師/杉村春子　出来事●キャンディーズが解散コンサート(1978年)/テレビ小説「おしん」が放送開始(1983年)
五日　横丁の日/ヘアカットの日　忌日●マッカーサー/三好達治　出来事●長嶋茂雄が公式戦デビュー(1958年)/ザ・ピーナッツが引退(1975年)
六日　コンビーフの日/城の日/北極の日　忌日●ストラヴィンスキー/アイザック・アシモフ　出来事●近代オリンピック第一回アテネ大会開幕(1896年)
七日　世界保健デー/労務管理の日　忌日●弓削道鏡/エル・グレコ/ヘンリー・フォード　出来事●戦艦「大和」撃沈(1945年)
八日　シワ対策の日/忠犬ハチ公の日/芝の日/白肌の日/出発の日/タイヤの日/参考書の日　忌日●吉田兼好/パブロ・ピカソ　出来事●エーゲ海で「ミロのヴィーナス」を発見(1820年)
九日　左官の日/美術展の日　忌日●フランシス・ベーコン/井上ひさし　出来事●東大寺の盧舎那仏の開眼供養(752年)
十日　教科書の日/駅弁の日/建具の日　忌日●扇谷

正造　出来事●NHKで連続ラジオ放送「君の名は」が放送開始（1952年）
十一日　ガッツポーズの日／メートル法公布記念日　忌日●高橋圭三　出来事●アポロ13号打ち上げ（1970年）
十二日　パンの記念日／世界宇宙飛行の日　忌日●武田信玄　出来事●東京大学が設立（1877年）
十三日　喫茶店の日／浄水器の日　忌日●ラ・フォンテーヌ／伊能忠敬／石川啄木　出来事●宮本武蔵と佐々木小次郎が巌流島で決闘（1612年）
十四日　椅子の日／SOSの日（タイタニック号の日）　忌日●ボーヴォワール／ニコラ・トラサルディ　出来事●リンカーン大統領が狙撃され、翌日死亡（1865年）
十五日　遺言の日／ヘリコプターの日　忌日●ジャン＝ポール・サルトル／ジャン・ジュネ／グレタ・ガルボ　出来事●東京ディズニーランド開園（1983年）
十六日　チャップリン・デー／ボーイズビーアンビシャスデー　忌日●フランシスコ・デ・ゴヤ／川端康成　出来事●日本初の女子フルマラソン大会（1978年）
十七日　恐竜の日／五平もち記念日／ハローワークの日　忌日●徳川家康／ベンジャミン・フランクリン／杉田玄白　出来事●アポロ13号が地球に帰還（1970年）
十八日　発明の日／お香の日／よい歯の日／よいお肌の日　忌日●葛飾北斎／アインシュタイン
十九日　地図の日／食育の日／養育費の日　忌日●バイロン／ダーウィン　出来事●ロンドンで第一回ミス・ワールド・コンテスト開催（1951年）
二十日　郵政記念日／腰痛ゼロの日／女子大の日　忌日●内田百閒　出来事●青年海外協力隊が発足（1965年）
二十一日　民放の日　忌日●ダニエル・デフォー／マーク・トウェイン　出来事●天一坊、処刑さる（1729年）／ネス湖のネッシーの写真が英国の新聞に掲載（1934年）
二十二日　アースデー（地球の日）／清掃デー　出来事●「健康保険法」公布（1922年）／国語辞典「言海」全四巻が完結（1891年）
二十三日　シジミの日／消防車の日／サンジョルディの日／ビールの日／子ども読書の日　忌日●シェイクスピア／セルバンテス　出来事●寺田屋騒動（186

2年）

二十四日　日本ダービー記念日／植物学の日　忌日●紀伊國屋文左衛門／ルーシー・M・モンゴメリ　出来事●モルガンお雪30年ぶりに帰国（1938年）

二十五日　DNAの日／国連記念日／拾得物の日／歩道橋の日　忌日●近藤勇／東郷青児　出来事●スエズ運河が着工（1859年）

二十六日　よい風呂の日／ゲシュタポ創設日／七人の侍の日　忌日●カウント・ベイシー　出来事●チェルノブイリ原子力発電所で大規模事故（1986年）

二十七日　哲学の日／悪妻の日／駅伝誕生の日／婦人警官記念日　忌日●ソクラテス／マゼラン／松下幸之助　出来事●日本初の瓶詰生ビール発売（1963年）

二十八日　庭の日／海外ドラマの日／シニヤの日　忌日●左甚五郎／中里介山　出来事●大坂夏の陣が開戦（1615年）／日本へ象が初渡来（1729年）

二十九日　昭和の日／羊肉の日　忌日●モイズ・キスリング／ヒッチコック　出来事●嵐寛寿郎主演の鞍馬天狗シリーズ第一作が封切（1927年）

三十日　図書館記念日　忌日●源義経／武蔵坊弁慶／足利尊氏／エドアール・マネ／アドルフ・ヒトラー／永井荷風　出来事●植村直己が北極点に到達（1978年）

五月

一日　扇の日／鯉の日／語彙の日　忌日●ドヴォルザーク／ハチャトゥリアン　出来事●日本赤十字社創立（1877年）／エンパイアステートビル完成（1931年）

二日　えんぴつ記念日／郵便貯金の日／交通広告の日／緑茶の日　忌日●聖武天皇／レオナルド・ダ・ヴィンチ

三日　ゴミの日／憲法記念日／リカちゃんの誕生日　忌日●中勘助／池波正太郎／ナルシソ・イエペス　出来事●王貞治が一試合四打席連続ホームラン（1964年）

四日　名刺の日／みどりの日／ラムネの日／競艇の日／エメラルドの日／植物園の日　忌日●嘉納治五郎／寺山修司　出来事●堀江謙一が単独無寄港世界一周を終え帰港（1974年）

五日　こどもの日／おもちゃの日／薬の日／自転車の

日／手話記念日　忌日●ナポレオン・ボナパルト／ルネ・ラリック　出来事●第一回日本一健康優良児表彰式（1930年）

六日　ゴムの日／コロッケの日　忌日●鑑真／メーテルリンク／佐藤春夫／マレーネ・ディートリッヒ

七日　粉もんの日／博士の日／ソニー創立記念日　忌日●真田幸村／山本健吉　出来事●大坂夏の陣で天守閣が炎上（1615年）

八日　世界赤十字デー／松の日／声の日　忌日●淀君／ギュスターヴ・フローベル／ゴーギャン　出来事●俵万智の「サラダ記念日」発刊（1987年）

九日　アイスクリームの日／告白の日／メイクの日／呼吸の日／黒板の日　忌日●フリードリヒ・フォン・シラー

十日　日本気象協会設立記念日／ファイトの日／コットンの日　忌日●二葉亭四迷／小野竹喬　出来事●日本初の洋式船「鳳凰丸」竣工（1854年）

十一日　ご当地キャラの日　忌日●土方歳三／萩原朔太郎　出来事●日本初の国産貨幣「和同開珎」を鋳造（708年）

十二日　ザリガニの日／看護の日／海上保安の日　忌日●スメタナ／ジャン・デュビュッフェ　出来事●キュ一リー夫妻がラジウムを発見（1898年）

十三日　カクテルの日／愛犬の日　忌日●田山花袋／ゲイリー・クーパー／チェット・ベイカー

十四日　温度計の日／種痘記念日　忌日●フランク・シナトラ　出来事●チャップリンが初来日（1932年）／カール・ルイスが100メートル走で史上初の9秒台（1983年）

十五日　ヨーグルトの日／ストッキングの日／Jリーグの日　忌日●犬養毅　出来事●米でマクドナルド1号店オープン（1940年）

十六日　旅の日　忌日●シャルル・ペロー／サミー・デイヴィスJr　出来事●第一回アカデミー賞授賞式（1929年）

十七日　高血圧の日／お茶漬けの日／パック旅行の日　忌日●ボッティチェッリ　出来事●「太陽の季節」封切（1956年）

十八日　サロンパスの日／国際親善デー／ことばの日　忌日●グスタフ・マーラー／モルガンお雪　出来事●阿部定事件（1936年）

十九日　ボクシングの日　忌日●宮本武蔵／新井白

石／ジャクリーン・ケネディ・オナシス　出来事●桶狭間の戦い（1560年）

二十日　ローマ字の日／森林の日／水なすの日　忌日●蘇我馬子／日野富子／コロンブス　出来事●「味の素」発売（1909年）

二十一日　小学校開校の日／探偵の日　忌日●フランツ・フォン・スッペ／野口英世／藤山寛美　出来事●山口百恵デビュー（1973年）

二十二日　たまご料理の日／サイクリングの日　忌日●ヴィクトル・ユーゴー／ジュール・ルナール　出来事●東京スカイツリーが開業（2012年）

二十三日　キスの日／ラブレターの日　忌日●イプセン／ジョン・ロックフェラー　出来事●コペルニクスが地動説を発表（1543年）

二十四日　ゴルフ場記念日／伊達巻の日　忌日●ニコラウス・コペルニクス／伊達政宗／デューク・エリントン　出来事●「売春防止法」公布（1956年）

二十五日　広辞苑記念日／食堂車の日／愛車の日／タップダンスの日　忌日●楠木正成／ロバート・キャパ　出来事●ケネディ大統領がアポロ計画を発表（1961年）

二十六日　ラッキーゾーンの日／風呂カビ予防の日　忌日●木戸孝允／ハイデッガー　出来事●三浦雄一郎が史上最年長でエベレスト登頂（2008年）

二十七日　百人一首の日／日本海海戦の日　忌日●パガニーニ／ロベルト・コッホ／長谷川町子　出来事●ゲームソフト「ドラゴンクエスト」発売（1986年）

二十八日　花火の日／ゴルフ記念日　忌日●在原業平／堀辰雄　出来事●曾我兄弟の仇討ち（1193年）

二十九日　呉服の日／こんにゃくの日／エスニックの日　忌日●与謝野晶子／新藤兼人

三十日　ごみゼロの日／古民家の日／掃除機の日　忌日●ジャンヌ・ダルク／ルーベンス／ヴォルテール

三十一日　世界禁煙デー　忌日●尾崎紀世彦　出来事●ロンドンのビッグ・ベンの大時計が動き始める（1859年）

六月

一日　ねじの日／電波の日／気象記念日／写真の日／チーズの日／チューインガムの日／麦茶の日／牛乳の日／鮎の日／真珠の日／マリリン・モンローの日／ス

ーパーマンの日　忌日●ヘレン・ケラー／イブ・サン＝ローラン
二日　オムレツの日／おむつの日／路地の日／甘露煮の日　忌日●織田信長／森蘭丸／尾形光琳　出来事●本能寺の変（1582年）
三日　測量の日　忌日●ジョルジュ・ビゼー／ヨハン・シュトラウス／フランツ・カフカ／ホメイニ師　出来事●三船敏郎が東宝に入社（1946年）
四日　虫の日／虫歯予防デー／蒸し料理の日／蒸しパンの日　忌日●最澄　出来事●「シャボン玉ホリデー」放送開始（1961年）
五日　老後の日／環境の日／落語の日／熱気球記念日／ロゴマークの日　忌日●カール・ウェーバー／オー・ヘンリー／西脇順三郎　出来事●池田屋騒動（1864年）
六日　かえるの日／おけいこの日／いけばなの日／楽器の日／ワイパーの日／ロールケーキの日／補聴器の日　忌日●ユング／スタン・ゲッツ／レイ・ブラッドベリ
七日　むち打ち治療の日　忌日●西田幾多郎／ヘンリー・ミラー　出来事●ハドソン・スタックらが北米最高峰のマッキンリーに初登頂（1913年）
八日　世界海洋デー／成層圏発見の日　忌日●ムハンマド／長沢芦雪／ジョルジュ・サンド／マリー・ローランサン　出来事●大鳴門橋が開通（1985年）
九日　たまごの日／ネッシーの日　忌日●ローマ皇帝ネロ／チャールズ・ディケンズ／月岡芳年　出来事●ドナルドダックがアニメ映画で初登場（1934年）
十日　路面電車の日／時の記念日／夢の日／ミルクキャラメルの日／歩行者天国の日　忌日●鴨長明／緒方洪庵／アントニ・ガウディ／レイ・チャールズ
十一日　傘の日／雨漏り点検の日／布おむつの日　忌日●長谷川伸／ジョン・ウェイン　出来事●田中角栄が「日本列島改造論」を刊行（1972年）
十二日　アンネの日記の日／恋人の日　忌日●蘇我入鹿／清水次郎長／グレゴリー・ペック　出来事●イチローがプロ入り初ホームラン（1993年）
十三日　FMの日／小さな親切の日　忌日●竹中半兵衛／明智光秀／北里柴三郎／太宰治／ベニー・グッドマン　出来事●本居宣長が「古事記伝」を完成（1798年）
十四日　五輪旗制定記念日／映倫発足の日　忌日●毛

利元就／マックス・ウェーバー　出来事●柳田國男の「遠野物語」が発刊（1910年）
十五日　暑中見舞いの日／信用金庫の日　忌日●鈴木春信／今西錦司／エラ・フィッツジェラルド　出来事●スタジオジブリ設立（1985年）
十六日　和菓子の日／ユリシーズの日　忌日●楊貴妃　出来事●フォード・モーター設立（1903年）
十七日　おまわりさんの日　出来事●ウォーターゲート事件（1972年）
十八日　おにぎりの日／海外移住の日　忌日●ロアール・アムンセン／ゴーリキー　出来事●海上保安庁が海底地形図を制作（1969年）
十九日　朗読の日／ベースボール記念日／元号の日　忌日●初代酒井田柿右衛門／ジェームス・マシュー・バリー
二十日　ペパーミントの日／健康住宅の日／世界難民の日　忌日●徳川吉宗　出来事●「カサブランカ」が日本で封切（1946年）
二十一日　えびフライの日／スナックの日　忌日●マキャヴェリ／アンデルス・オングストローム／勝新太郎　出来事●司馬遼太郎の「竜馬がゆく」が連載開始（1962年）
二十二日　ボウリングの日　忌日●ジュディ・ガーランド／フレッド・アステア
二十三日　オリンピック・デー／踏切の日　忌日●壺井榮／ピーター・フォーク　出来事●スリの大親分・仕立屋銀次が逮捕される（1909年）
二十四日　ドレミの日／UFO記念日　忌日●加藤清正／美空ひばり　出来事●高校以上の課外活動で戦後禁止されていた剣道が認可（1953年）
二十五日　住宅デー　忌日●ホフマン／日向あき子／マイケル・ジャクソン　出来事●「アンネの日記」が出版（1947年）／長嶋茂雄が天覧試合でサヨナラ本塁打（1959年）
二十六日　露天風呂の日／雷記念日　忌日●カール・ラントシュタイナー／クリフォード・ブラウン　出来事●アントニオ猪木対モハメド・アリ戦（1976年）
二十七日　ちらし寿司の日／日照権の日／演説の日　忌日●上田秋成／鈴木三重吉／ジャック・レモン　出来事●松本サリン事件（1994年）
二十八日　ニワトリの日／貿易記念日　忌日●林芙美子　出来事●サラエボ事件（1914年）

二十九日　佃煮の日／星の王子さまの日　忌日●瀧廉太郎／パウル・クレー／キャサリン・ヘップバーン　出来事●ザ・ビートルズが初来日（1966年）
三十日　トランジスタの日／アインシュタイン記念日　忌日●柴田錬三郎　出来事●マーガレット・ミッチェルの「風と共に去りぬ」発刊（1936年）

七月

一日　童謡の日／銀行の日／テレビ時代劇の日／クレジットの日　忌日●ストウ夫人／エリック・サティ／マーロン・ブランド　出来事●ソニーが「ウォークマン」発売（1979年）
二日　たわしの日／うどんの日／蛸の日　忌日●ノストラダムス／ジャン＝ジャック・ルソー／ヘミングウエイ　出来事●金閣寺が全焼（1950年）
三日　七味の日／波の日／オロナミンCの日　忌日●梅棹忠夫　出来事●初代通天閣がオープン（1912年）
四日　和服・洋服直しの日／アメリカ独立記念日　忌日●キューリー夫人　出来事●「リカちゃん人形」発売（1967年）
五日　穴子の日／江戸切子の日　忌日●水原弘　出来事●パリで初めてビキニの水着が発表（1946年）／後楽園球場で初めてナイターが開催（1950年）
六日　サラダ記念日／ゼロ戦の日／ピアノの日　忌日●トーマス・モア／モーパッサン／ウィリアム・フォークナー／ルイ・アームストロング
七日　七夕／浴衣の日／カルピスの日／冷し中華の日／ポニーテールの日　忌日●コナン・ドイル　出来事●記録に残る富士山の最古の噴火（781年）
八日　質屋の日／ナンパの日／中国茶の日　忌日●ジョルジュ・バタイユ／ヴィヴィアン・リー　出来事●浅間山が大噴火（1783年）
九日　ジェットコースターの日／泣く日　忌日●森鷗外　出来事●ウィンブルドン第一回大会開催（1877年）
十日　ウルトラマンの日／納豆の日／指笛の日　忌日●井伏鱒二／つかこうへい　出来事●情報誌「ぴあ」創刊（1972年）
十一日　真珠記念日／セブンイレブンの日　忌日●佐

久間象山／ジョージ・ガーシュウィン／ローレンス・オリヴィエ　出来事●世界人口が50億人を突破（1987年）
十二日　洋食器の日／人間ドックの日　忌日●鈴木大拙／山下清　出来事●NHKがラジオ本放送を開始（1925年）
十三日　もつ焼の日／オカルト記念日　忌日●ミハイル・ロマノフ　出来事●第一回サッカーワールドカップ開幕（1930年）
十四日　巴里祭／しんぶん配達の日／ゼリーの日／求人広告の日／内視鏡の日　忌日●ビリー・ザ・キッド／アルフォンス・ミュシャ　出来事●ノーベルがダイナマイトを発表（1867年）
十五日　ファミコンの日　忌日●チェーホフ／ヴェルサーチ／黒田清輝　出来事●宝塚唱歌隊（現在の宝塚歌劇団）設立（1913年）
十六日　駅弁記念日／虹の日　忌日●板垣退助／カラヤン　出来事●世界初の有人月宇宙船アポロ11号打ち上げ（1969年）
十七日　理学療法の日　忌日●円山応挙／ホイッスラー／ビリー・ホリディ／ジョン・コルトレーン／市川雷蔵／石原裕次郎　出来事●ポツダム会談（1945年）
十八日　光化学スモッグの日　忌日●カラヴァッジオ／幡隨院長兵衛／ジェーン・オースティン　出来事●唐の楊太真が玄宗皇帝の貴妃〈楊貴妃〉になる（745年）
十九日　女性大臣の日　忌日●源頼光／子母澤寛　出来事●二千円札発行（2000年）
二十日　ビリヤードの日／月面着陸の日／Tシャツの日／ハンバーガーの日／修学旅行の日　忌日●岩倉具視／ブルース・リー／ポール・デルヴォー
二十一日　日本三景の日／自然公園の日／神前結婚式記念日　忌日●高橋義孝　出来事●「太陽にほえろ」が放送開始（1972年）
二十二日　下駄の日／ナッツの日　忌日●高峰譲吉／杉浦日向子　出来事●宣教師フランシスコ・ザビエルが鹿児島に上陸（1549年）
二十三日　文月ふみの日／カシスの日　忌日●阪田三吉　出来事●日本新聞協会設立（1946年）
二十四日　劇画の日　忌日●芥川龍之介／ピーター・セラーズ／森毅　出来事●児島明子が日本人として初

めてミスユニバースコンテストで優勝（1959年）

二十五日　はんだ付けの日／かき氷の日／味の素の日　忌日●古賀政男　出来事●日本住宅公団が発足（1955年）

二十六日　幽霊の日／夏風呂の日／ポツダム宣言記念日　忌日●太田道灌／由井正雪／吉行淳之介／小松左京　出来事●キューバ解放運動開始（1953年）

二十七日　ニキビケアの日／スイカの日　忌日●ウィリアム・ワイラー／ボブ・ホープ　出来事●モノレール「ディズニーリゾートライン」が開業（2001年）

二十八日　なにわの日　忌日●シラノ・ド・ベルジュラック／ヴィヴァルディ／ヨハン・セバスティアン・バッハ／江戸川乱歩　出来事●第一次世界大戦が開戦（1914年）

二十九日　福神漬の日　忌日●シューマン／ゴッホ　出来事●パリの凱旋門が完成（1836年）／アメリカ航空宇宙局（NASA）が発足（1958年）

三十日　梅干の日／プロレス記念日　忌日●谷崎潤一郎／イングマール・ベルイマン／ミケランジェロ・アントニオーニ／小田実　出来事●大正に改元（1912年）

三十一日　パラグライダー記念日／蓄音機の日　忌日●フランツ・リスト／バド・パウエル　出来事●サン・テグジュペリが地中海上空で行方不明に（1944年）

八月

一日　麻雀の日／洗濯機の日／水の日／花火の日／バイキング料理の日　忌日●徳川夢声／阿久悠　出来事●日清戦争が開戦（1894年）

二日　おやつの日／カレーうどんの日／パンツの日／博多人形の日　忌日●グラハム・ベル／赤塚不二夫

三日　はもの日／ハサミの日／はちみつの日／破産の日　忌日●一条さゆり／カルティエ＝ブレッソン　出来事●「週刊TVガイド」創刊（1962年）

四日　箸の日／ビヤホールの日／橋の日／ゆかたの日　忌日●アンデルセン／ワーグナー／木下夕爾／土光敏夫／松本清張／渥美清　出来事●「水戸黄門」のテレビ放映開始（1969年）

五日　タクシーの日／ハンコの日／発酵の日／ハコの日　忌日●マリリン・モンロー／本田宗一郎

六日　広島平和記念日／ハムの日／太陽熱発電の日

忌日●ディエゴ・ベラスケス／岸本水府
七日　鼻の日／バナナの日　忌日●十返舎一九／スタニスラフスキー／タゴール　出来事●江戸幕府が江戸町火消しを「いろは四十七組」に再編成（1720年）
八日　そろばんの日／パチンコの日／鍵盤の日／がま口の日／タコの日／屋根の日／ヒゲの日／笑いの日　忌日●柳田國男／いわさきちひろ
九日　野球の日／ムーミンの日／かばんの日／ハンバーグの日　忌日●ヘルマン・ヘッセ／沢たまき　出来事●フルトンが蒸気船の試走に成功（1803年）
十日　道の日／宿の日／ハイボールの日／帽子の日／トイレの日／バイトの日　忌日●井原西鶴　出来事●「和同開珎」を発行（708年）
十一日　ガンバレの日　忌日●初代三遊亭圓朝／アンドリュー・カーネギー／ジャクソン・ポロック　出来事●帝人が日本で初めてミニスカートを発売（1965年）
十二日　君が代記念日　忌日●クレオパトラ／トーマス・マン／イアン・フレミング／ヘンリー・フォンダ／坂本九　出来事●エジソンが蓄音器を発明（1877年）
十三日　左利きの日／怪談の日　忌日●ドラクロワ／ナイチンゲール／H・G・ウェルズ　出来事●箱根登山鉄道設立（1928年）
十四日　国民皆泳の日／特許の日　忌日●ブレヒト／エンツォ・フェラーリ／山口小夜子　出来事●ニューヨーク大停電（2003年）
十五日　終戦記念日／刺身の日　忌日●北条早雲／ルネ・マグリット　出来事●与謝野晶子の「みだれ髪」発刊（1901年）／パナマ運河開通（1914年）
十六日　女子大生の日　忌日●佐伯祐三／ベーブ・ルース／マーガレット・ミッチェル／エルヴィス・プレスリー　出来事●古橋廣之進が1500m自由形で世界新（1949年）
十七日　パイナップルの日／プロ野球ナイター記念日　忌日●フェルナン・レジェ／新村出／柳原良平　出来事●初めて千円札が発行される（1945年）
十八日　高校野球記念日／約束の日／米の日　忌日●チンギス・ハン／豊臣秀吉／バルザック／深沢七郎
十九日　俳句の日／バイクの日　忌日●ジェームズ・ワット／ジョージ・ガモフ　出来事●鼠小僧次郎吉が処刑（1832年）

二十日　親父の日／交通信号の日／NHK創立記念日／蚊の日　忌日●藤原定家　出来事●南総里見八犬伝が完成（1842年）／高村光太郎の「智恵子抄」刊行（1941年）
二十一日　噴水の日／献血記念日　忌日●トロツキー　出来事●生麦事件（1862年）／金田正一が完全試合達成（1957年）
二十二日　チンチン電車の日　忌日●ツルゲーネフ／島崎藤村／向田邦子／藤圭子　出来事●ルーブル美術館から「モナリザ」が盗まれる（1911年）
二十三日　油の日　忌日●諸葛孔明／一遍上人／竹内栖鳳　出来事●戊辰戦争で会津藩の白虎隊20名が飯盛山で自刃（1868年）
二十四日　愛酒の日／歯ブラシの日　忌日●石川五右衛門／溝口健二　出来事●ヴェスビアス火山噴火（79年）／NATOが発足（1949年）
二十五日　川柳発祥の日　忌日●ニーチェ／トルーマン・カポーティ　出来事●種子島に鉄砲伝来（1543年）／チキンラーメン発売（1958年）
二十六日　ユースホステルの日　忌日●チャールズ・リンドバーグ／シャルル・ボワイエ　出来事●黒澤明監督の「羅生門」が封切（1950年）
二十七日　ジェラートの日／仏壇の日　忌日●貝原益軒／上村松園／ル・コルビュジエ　出来事●「男はつらいよ」第一作が公開（1969年）
二十八日　気象予報士の日／テレビCMの日／バイオリンの日　忌日●荒木又右衛門／ジョン・ヒューストン　出来事●豊臣秀吉が大坂城の築城を開始（1583年）
二十九日　焼肉の日／ベルばらの日／ケーブルカーの日　忌日●イングリッド・バーグマン　出来事●ドイツの飛行船「ツェッペリン伯号」が世界一周に成功（1929年）
三十日　冒険家の日／富士山測候所記念日　忌日●有吉佐和子／山口瞳／チャールズ・ブロンソン　出来事●マッカーサー元帥が厚木飛行場に上陸（1945年）
三十一日　野菜の日　忌日●ボードレール／ジョルジュ・ブラック／ヘンリー・ムーア　出来事●ロンドンに「切り裂きジャック」出現（1888年）

九月

一日　杭の日／防災の日／粘土の日　忌日●ルイ十四世／竹久夢二／モーリアック　出来事●関東大震災（1923年）

二日　宝くじの日／靴の日　忌日●アンリ・ルソー／ピエール・ド・クーベルタン　出来事●必殺シリーズ「必殺仕掛人」放映開始（1972年）

三日　ベッドの日／クエン酸の日／ホームラン記念日／草野球の日　忌日●折口信夫　出来事●ジェーン台風が上陸（1950年）

四日　串の日／クラシック音楽の日／オークションの日　忌日●エドヴァルド・グリーグ／アルベルト・シュバイツァー　出来事●ビートルズが初レコーディング（1962年）

五日　石炭の日　忌日●マザー・テレサ　出来事●金田正一が通算奪三振の世界記録達成（1962年）

六日　クロスワードの日／黒の日／妹の日／クロレラの日／シェリーの日　忌日●歌川広重／黒澤明　出来事●マゼランが史上初の世界一周を達成（1522年）

七日　CMソングの日／メガネクリーナーの日　忌日●山東京伝／泉鏡花／吉川英治／テレンス・ヤング　出来事●ローマ五輪で体操男子団体総合で日本が金メダル（1960年）

八日　ニューヨークの日／マスカラの日　忌日●リヒャルト・シュトラウス／ジーン・セバーグ／湯川秀樹／水上勉

九日　温泉の日／チョロQの日／知恵の輪の日／九九の日／救急の日／手巻き寿司の日　忌日●ブリューゲル／マラルメ／ロートレック／毛沢東

十日　牛タンの日／屋外広告の日　忌日●伊藤若冲／ハナ肇　出来事●日本初の映画会社〈日活〉設立（1912年）

十一日　公衆電話の日　忌日●空也／フルシチョフ／夏目雅子／谷啓　出来事●「トリスを飲んでハワイへ行こう」キャンペーン開始（1960年）／アメリカで同時多発テロ（2001年）

十二日　宇宙の日／マラソンの日　忌日●源氏鶏太／アンソニー・パーキンス　出来事●マイケル・ジャクソンが初来日公演（1987年）

十三日　世界の法の日　忌日●モンテーニュ／乃木希

典／棟方志功　出来事●夏目漱石の「吾輩は猫である」のモデルとなった飼い猫が死亡（1908年）
十四日　コスモスの日　忌日●ダンテ／狩野永徳／春日局／グレース・ケリー　出来事●ロゼッタ・ストーンの象形文字の解読に成功（1822年）
十五日　大阪寿司の日／シルバーシート記念日　忌日●鳥羽僧正／ビル・エヴァンス／土門拳　出来事●関ヶ原の戦い（1600年）／リーマン・ブラザーズ倒産（2008年）
十六日　競馬の日／マッチの日　忌日●大杉栄／マリア・カラス／市川右太衛門　出来事●岡晴夫の「憧れのハワイ航路」が発売（1948年）
十七日　イタリア料理の日／モノレール開業記念日　忌日●若山牧水／ローラ・アシュレイ
十八日　かいわれ大根の日　忌日●ジミ・ヘンドリックス／斎藤真一　出来事●サルトルとボーボワール夫妻が来日（1966年）／「カップヌードル」発売（1971年）
十九日　苗字の日／遺品整理の日　忌日●今東光／中内切　出来事●アメリカがネバダで世界初の地下核実験（1957年）

二十日　お手玉の日／バスの日／空の日　忌日●喜多川歌麿／ヤーコプ・グリム／パブロ・サラサーテ／林家三平　出来事●「暮しの手帖」創刊（1948年）
二十一日　ファッションショーの日／国際平和デー　忌日●ショーペンハウアー／宮沢賢治／五代目古今亭志ん生
二十二日　フィットネスの日　忌日●淡谷のり子／アイザック・スターン／マルセル・マルソー
二十三日　万年筆の日／テニスの日／不動産の日　忌日●頼山陽／メリメ／フロイト　出来事●札幌に日本初のビール醸造所〈現サッポロビール〉が開業（1876年）
二十四日　畳の日／清掃の日　忌日●西郷隆盛／フランソワーズ・サガン　出来事●シドニー五輪女子マラソンで高橋尚子が日本人初の金メダル（2000年）
二十五日　藤ノ木古墳記念日　忌日●レマルク／松尾和子　出来事●明治政府が入れ墨刑を廃止（1870年）
二十六日　ワープロの日　忌日●安倍晴明／アウグスト・メビウス／小泉八雲／ポール・ニューマン
二十七日　女性ドライバーの日／世界観光の日　忌日

●エドガー・ドガ／アリスティド・マイヨール　出来事●「クイーンエリザベス」号が進水（1938年）

二十八日　靴屋の日／パソコン記念日　忌日●ハーマン・メルヴィル／アンドレ・ブルトン／マイルス・デイヴィス／エリア・カザン

二十九日　招き猫の日／接着の日／クリーニングの日／洋菓子の日　忌日●本居宣長／エミール・ゾラ　出来事●イギリスの首都警察（スコットランドヤード）が発足（1829年）

三十日　クレーンの日／くるみの日　忌日●ジェームス・ディーン／シモーヌ・シニョレ

十月

一日　醬油の日／日本酒の日／コーヒーの日／メガネの日／磁石の日／ハンコの日／ネクタイの日／補助犬の日　忌日●石田三成／トム・クランシー　出来事●国勢調査で日本の人口が1億人を突破（1970年）

二日　望遠鏡の日／豆腐の日　忌日●華岡青洲／マルセル・デュシャン　出来事●日本武尊〈ヤマトタケルノミコト〉が東夷討伐に出発（110年）

三日　登山の日／ドイツ統一の日　忌日●ウィリアム・モリス　出来事●東大寺金剛力士像が完成（1203年）

四日　天使の日／イワシの日／シャツの日／徒歩の日／古書の日　忌日●レンブラント／ジャニス・ジョプリン／ベルナール・ビュッフェ　出来事●オリエント急行が営業開始（1883年）

五日　時刻表記念日／社内報の日／レモンの日　忌日●スティーブ・ジョブズ　出来事●「サザエさん」が放送開始（1969年）／山口百恵が引退コンサート（1980年）

六日　国際協力の日　忌日●初代桂春団治　出来事●テレビアニメ「宇宙戦艦ヤマト」の放映開始（1974年）

七日　ミステリーの日／盗難防止の日　忌日●狩野探幽／石坂洋次郎／三木鶏郎

八日　羊羹の日／蕎麦の日／木の日／入れ歯感謝デー／問屋の日　忌日●池部良

九日　塾の日／トラックの日／道具の日　忌日●チェ・ゲバラ　出来事●「北の国から」が放映開始（1981年）

十日　銭湯の日／目の愛護デー／缶詰の日／釣りの日／お好み焼きの日／貯金箱の日／転倒防止の日　忌日●オーソン・ウェルズ／ユル・ブリンナー　出来事●東京オリンピック開幕（１９６４年）

十一日　ウインクの日／鉄道安全確認の日　忌日●アンリ・ファーブル／エディット・ピアフ／ジャン・コクトー　出来事●アメ横が開設（１９４６年）

十二日　たまごデー／豆乳の日　忌日●青木昆陽／アナトール・フランス　出来事●コロンブスが新大陸発見（１４９２年）

十三日　豆の日／サツマイモの日／引越しの日／麻酔の日　忌日●日蓮／太地喜和子／丸谷才一

十四日　鉄道の日／ＰＴＡ結成の日　忌日●レナード・バーンスタイン　出来事●大政奉還（１８６７年）／東京タワーが完工（１９５８年）

十五日　きのこの日／人形の日／ぞうりの日／たすけあいの日　忌日●ユージン・スミス　出来事●ナポレオンがセントヘレナへ流刑に（１８１５年）／マタ・ハリが銃殺刑に（１９１７年）

十六日　ボスの日／世界食糧デー／辞書の日　忌日●藤原鎌足／アート・ブレイキー　出来事●ウォルト・ディズニー・カンパニー創立（１９２３年）

十七日　貯蓄の日／沖縄そばの日／カラオケ文化の日　忌日●ショパン　出来事●川端康成がノーベル文学賞受賞（１９６８年）

十八日　統計の日／冷凍食品の日／ドライバーの日／フラフープ記念日　忌日●シーボルト／トーマス・エジソン　出来事●ツイッギーが初来日（１９６７年）

十九日　いか塩辛の日／海外旅行の日　忌日●ジョナサン・スウィフト　出来事●東大寺大仏殿が上棟（１１９０年）

二十日　頭髪の日／老舗の日／新聞広告の日／リサイクルの日　忌日●二宮尊徳／吉田茂　出来事●ジャクリーン・ケネディがオナシスと再婚（１９６８年）

二十一日　あかりの日　忌日●志賀直哉／フランソワ・トリュフォー　出来事●エジソンが白熱電球を完成（１８７９年）／神風特攻隊が初出撃（１９４４年）

二十二日　パラシュートの日／図鑑の日　忌日●ポール・セザンヌ／中原中也／柳家金語楼／トインビー　出来事●平安遷都（７９４年）／キューバ危機（１９６２年）

二十三日　電信電話記念日　忌日●山本夏彦　出来事

●第一次オイルショック（1973年）／写真週刊誌「フォーカス」創刊（1981年）
二十四日　文鳥の日／国連デー／トリコロール記念日　忌日●クリスチャン・ディオール／北杜夫
二十五日　民間航空記念日／世界パスタデー／リクエストの日　忌日●チャイコフスキー／アベベ・ビキラ／稲垣足穂　出来事●島原の乱（1637年）
二十六日　サーカスの日／デニムの日／青汁の日／きしめんの日　忌日●榎本武揚／伊藤博文　出来事●OK牧場の決闘（1881年）
二十七日　テディベアの日／読書の日　忌日●吉田松陰／フランク永井
二十八日　速記記念日　忌日●アンドレ・マッソン／川上哲治　出来事●新世界の通天閣が再建（1956年）
二十九日　おしぼりの日／トニックの日／ホームビデオ記念日　出来事●戦後初の宝くじ発売（1945年）
三十日　たまごかけごはんの日／炭酸ソーダの日／初恋の日／香りの記念日　忌日●尾崎紅葉／木下順二　出来事●教育勅語発布（1890年）
三十一日　ハロウィン／天才の日／日本茶の日　忌日●インディラ・ガンジー／フェデリコ・フェリーニ　出来事●シャーロック・ホームズシリーズが刊行（1892年）

十一月

一日　灯台記念日／計量記念日／紅茶の日／生命保険の日／自衛隊記念日／すしの日／古典の日／犬の日　忌日●初代坂田藤十郎　出来事●巨人が日本シリーズでV9を達成（1973年）
二日　書道の日　忌日●北原白秋／パゾリーニ　出来事●柏戸と大鵬がそろって横綱に昇進（1961年）
三日　文化の日／まんがの日／レコードの日／文具の日／みかんの日／サンドウィッチの日／ゴジラの日／調味料の日　忌日●アンリ・マティス　出来事●湯川秀樹の日本人初のノーベル賞受賞（1949年）
四日　かき揚げの日／ユネスコ憲章記念日　忌日●服部半蔵／メンデルスゾーン　出来事●イギリスの総合学術誌「ネイチャー」創刊（1869年）
五日　いいりんごの日／津波防災の日／いい男の日／縁結びの日／雑誌広告の日／電報の日　忌日●狩野芳

崖／モーリス・ユトリロ　出来事●徳島ラジオ商殺人事件（1953年）
六日　アパート記念日／お見合いの日　忌日●司馬遷／曲亭馬琴／松田優作　出来事●オイルショックにより大都市の広告ネオンを自粛（1973年）
七日　ソースの日／いい女の日／鍋の日／知恵の日　忌日●トルストイ／越路吹雪／スティーブ・マックイーン
八日　刃物の日／信楽たぬきの日／いいお肌の日／いい歯の日／レントゲンの日　忌日●島倉千代子　出来事●大統領選でケネディが当選（1960年）
九日　いい靴の日／119番の日／換気の日　忌日●アポリネール／シャルル・ド・ゴール／イヴ・モンタン　出来事●ベルリンの壁崩壊（1989年）
十日　エレベーターの日／断酒宣言の日／かりんとうの日／トイレの日／井戸の日　忌日●アルチュール・ランボー／森繁久彌／高倉健
十一日　電池の日／サムライの日／立ち飲みの日／鏡の日／介護の日／サッカーの日／ピーナッツの日／チーズの日／麵の日／おりがみの日／下駄の日／煙突の日／箸の日　忌日●キルケゴール／淀川長治／ドラッカー
十二日　皮膚の日／洋服記念日　忌日●ジョン万次郎／草野心平　出来事●電話料金が3分10円に（1972年）
十三日　うるしの日／いいひざの日　忌日●ロッシーニ／カミーユ・ピサロ／サトウハチロー　出来事●浅草に十二階建ての凌雲閣が開場（1890年）
十四日　パチンコの日／いい石の日／アンチエイジングの日　忌日●ヘーゲル／金田一京助　出来事●ネリー・ブライが「80日間世界一周」に挑戦（1889年）
十五日　七五三／かまぼこの日／きものの日／のど飴の日／こんぶの日　忌日●坂本龍馬／ジャン・ギャバン
十六日　ぞうさんの日／幼稚園記念日　忌日●クラーク・ゲーブル／トミー・フラナガン
十七日　将棋の日／ドラフト記念日　忌日●オーギュスト・ロダン　出来事●スエズ運河が開通（1869年）／アインシュタインが来日（1922年）
十八日　ミッキーマウス生誕日／雪見だいふくの日／土木の日　忌日●マルセル・プルースト／マン・レイ　出来事●ウィリアム・テル林檎事件（1307年）

十九日　緑のおばさんの日／いい息の日　忌日●小林一茶／シューベルト　出来事●山口百恵と三浦友和が結婚（1980年）

二十日　ピザの日／毛皮の日　忌日●ジョルジョ・デ・キリコ　出来事●帝国ホテルが開業（1890年）

二十一日　フライドチキンの日／かきフライの日／インターネット記念日　忌日●一休宗純／立川談志　出来事●歌舞伎座が開業（1889年）

二十二日　回転寿司記念日／いい夫婦の日／ボタンの日／大工さんの日　忌日●近松門左衛門／徳川慶喜／大宅壮一　出来事●J・F・ケネディ大統領が暗殺される（1963年）

二十三日　手袋の日／外食の日／いいふみの日／珍味の日／牡蠣の日／ゲームの日　忌日●樋口一葉／ルイ・マル　出来事●富士山の宝永大噴火（1707年）

二十四日　和食の日／オペラの日／鰹節の日　忌日●ロートレアモン伯爵　出来事●ダーウィンの「種の起源」がイギリスで出版（1859年）

二十五日　OLの日／金型の日　忌日●三島由紀夫　出来事●ノーベルがダイナマイトの特許を取得（1867年）

二十六日　いい風呂の日／ペンの日／いいチームの日　出来事●「はやぶさ」が小惑星イトカワに着地（2005年）

二十七日　ノーベル賞制定記念日　忌日●四代目鶴屋南北／アレクサンドル・デュマ・フィス

二十八日　太平洋記念日／エクステリアの日／税関記念日　忌日●親鸞／白洲次郎／菅原文太

二十九日　いい肉の日／いい服の日　忌日●プッチーニ／ケーリー・グラント　出来事●大日本帝国憲法施行（1890年）

三十日　絵本の日／シルバーラブの日／鏡の日　忌日●オスカー・ワイルド／ニナ・リッチ　出来事●日本ラグビー協会設立（1926年）

十二月

一日　映画の日／手帳の日／カイロの日／カレー南蛮の日　出来事●警視庁が初めて警察犬を採用（1912年）

二日　日本人宇宙飛行記念日／安全カミソリの日　忌日●マルキ・ド・サド／平山郁夫　出来事●ナポレオ

ンがフランス皇帝に即位（1804年）
三日 奇術の日／個人タクシーの日 忌日●天智天皇／フランシスコ・ザビエル／ルノワール 出来事●ソニーが「プレイステーション」発売（1944年）
四日 E．T．の日 忌日●藤原道長／カール・ブッセ 出来事●北里柴三郎らがジフテリアと破傷風の血清療法を発表（1890年）
五日 バミューダ・トライアングルの日／アルバムの日 忌日●モーツァルト／アレクサンドル・デュマ／クロード・モネ／十八代目中村勘三郎
六日 姉の日／音の日／シンフォニー記念日 忌日●徳川光圀 出来事●「ブリタニカ百科事典」第一版が発行（1768年）／大リーグが初来日（1913年）
七日 クリスマスツリーの日 忌日●川上貞奴 出来事●池田勇人蔵相が「貧乏人は麦を食え」と発言（1950年）
八日 事納め 太平洋戦争開戦記念日 忌日●ジョン・レノン／アントニオ・カルロス・ジョビン 出来事●ハリー・ポッターの第一巻が日本で刊行（1999年）
九日 国際腐敗防止デー 忌日●夏目漱石／開高健 出来事●金脈問題で田中角栄首相が辞任（1974年）

十日 世界人権デー／ノーベル賞授賞式 忌日●千葉周作／アルフレッド・ノーベル／小沢昭一 出来事●三億円事件（1968年）
十一日 胃腸の日／百円玉の日／タンゴの日／ユニセフ創立記念日 忌日●沢庵和尚／サム・クック
十二日 漢字の日／明太子の日／杖の日／バッテリーの日 忌日●レイモン・ラディゲ／小津安二郎 出来事●唐十郎が寺山修司の天井桟敷を襲撃（1969年）
十三日 双子の日／ビタミンの日／美容室の日 忌日●カンディンスキー 出来事●「兼高かおる世界の旅」が放送開始（1959年）
十四日 討ち入りの日／南極の日 忌日●ジョージ・ワシントン
十五日 観光バス記念日 忌日●フェルメール／グレン・ミラー／力道山／ウォルト・ディズニー
十六日 電話創業の日／紙の記念日 忌日●浅井忠／ラスプーチン／サン＝サーンス／サマセット・モーム／カーネル・サンダース／田中角栄
十七日 ライト兄弟の日 忌日●小川芋銭／岸田今日子 出来事●有馬記念の売り上げが100億円を突破（1972年）

十八日　東京駅完成記念日（1914年）／国連加盟記念日　忌日●アントニオ・ストラディバリ／平賀源内　出来事●上野公園の西郷隆盛像の除幕式（1898年）
十九日　日本初飛行の日　忌日●エミリー・ブロンテ／マルチェロ・マストロヤンニ　出来事●日本人踏査隊が初めて南極点に到着（1968年）／「週刊少年ジャンプ」が500万部を突破（1988年）
二十日　霧笛記念日／シーラカンスの日／デパート開業の日／鰤の日　忌日●岸田劉生／スタインベック／伊丹十三　出来事●東京駅開業（1914年）
二十一日　遠距離恋愛の日／クロスワードの日／バスケットボールの日　忌日●ボッカッチョ／国定忠治／スコット・フィッツジェラルド
二十二日　労働組合法制定記念日　忌日●サミュエル・ベケット　出来事●初のプロレス日本選手権で力道山が優勝（1954年）
二十三日　東京タワー完工の日　忌日●一心太助／オスカー・ピーターソン　出来事●日本で「ウェストサイド物語」が公開（1961年）
二十四日　クリスマス・イヴ　忌日●ヴァスコ・ダ・ガマ／三船敏郎　出来事●クー・クラックス・クラン（KKK）設立（1865年）
二十五日　クリスマス／スケートの日　忌日●チャールズ・チャップリン／ジョアン・ミロ／ジェームス・ブラウン　出来事●昭和に改元（1926年）
二十六日　ジャイアンツの日　忌日●シュリーマン／和辻哲郎／白洲正子　出来事●シンザンが有馬記念で初の五冠馬に（1965年）
二十七日　ピーターパンの日／浅草仲見世記念日　忌日●小野道風／ホーギー・カーマイケル　出来事●第一回日本レコード大賞開催（1959年）
二十八日　身体検査の日／ディスクジョッキーの日　忌日●モーリス・ラヴェル／横溝正史　出来事●郵便貯金の残高が100兆円を突破（1985年）
二十九日　シャンソンの日　忌日●リルケ／南方熊楠／山田耕筰
三十日　地下鉄記念日　忌日●ロマン・ロラン／イサム・ノグチ／星新一／木下惠介
三十一日　シンデレラデー　忌日●クールベ／富岡鉄斎／寺田寅彦／マクルーハン　出来事●マンハッタン橋が完成（1909年）

＊記念日の由来などを詳しく知りたいという方は、インターネットで左のようなサイトをご覧いただくとその由来などが解説されています。ご参考になさってください。

「今日の記念日」（日本記念日協会）
http://www.kinenbi.gr.jp/
「今日は何の日～毎日が記念日～」
http://www.nnh.to/
「今日は何の日　３６６日への旅」
http://hukumusume.com/366/kinenbi/

＊書籍では次のようなものも発行されています。
『今日は何の日』（ＰＨＰ研究所刊）
『すぐに役立つ３６６日記念日事典』（加瀬清志著　日本記念日協会編　創元社刊）

＊本書は、二〇一七年に当社より刊行された著作を文庫化したものです。

草思社文庫

１ランクアップのための
俳句特訓塾

2021年12月８日　第１刷発行

著　者　ひらのこぼ

発行者　藤田　博

発行所　株式会社 草思社

〒160-0022　東京都新宿区新宿1-10-1
電話　03(4580)7680(編集)
　　　03(4580)7676(営業)
　　　http://www.soshisha.com/

本文組版　有限会社 一企画

印刷所　中央精版印刷 株式会社

製本所　大口製本印刷 株式会社

本体表紙デザイン　間村俊一

ISBN978-4-7942-2551-1　Printed in Japan

草思社文庫既刊

ひらのこぼ
俳句がうまくなる100の発想法

俳句上達の早道とは「型」を習得すること。あまたの先人から導き出した俳句の100の型を紹介。「裏返してみる」「しぐさをとらえる」「自分の顔を詠む」など数々の型から、ヒラメキが降りてくる！

ひらのこぼ
俳句がどんどん湧いてくる100の発想法

景色の中に何を見つけ、どう表現するか。「記憶が匂う」「何かに映してみる」「しゃがんでみる」「老いをさらりと」など、すぐに応用可能なコツを作句秘訣集。句会、吟行の土壇場で困ったときの参考書。

ひらのこぼ
俳句発想法100の季語

先人たちのさまざまな名句を引きながら、季語が活きる作句パターンを紹介する。「歳時記」を眺めながら、「さて、どういった方向で発想すればいいのか」と悩んでいるあなたに贈る、実践的ガイドブック。